後宮茶妃伝
寵妃は愛より茶が欲しい

唐澤和希

富士見L文庫

もくじ

プロローグ

しだれ柳が、春風に吹かれてその青々とした葉を気持ちよさそうに揺らす。

青国《せいこく》の都、功安《こうあん》は、春の訪れを知らせる節目——清明節《せいめいせつ》を迎えていた。

祖先に祈りをささげ、春の訪れに感謝を示す祝い事の時節だが、功安に住まう人々の顔はどこか暗い。

それは、長年朝廷を牛耳る宦官《かんがん》の圧政によるものだが、そんな功安に珍しく明るい声が響いた。

「わあ……！　こ、こんなにたくさんの茶葉が……!?」

茶葉を売る店の前で、若い女が声を弾ませた。

女の栗色《くりいろ》の大きな瞳《ひとみ》は感動で潤み、頬は桃色に色づいている。

着ている鶯色《うぐいすいろ》の襦裙《じゅくん》は泥などで汚れてどこもかしこも縒《よ》れており、髪も汗で濡《ぬ》れて整っていないというのに何故か清潔感があり、思わず目を引く。

つまり、なかなかの美人である。

美人が嬉《うれ》しそうに声をかけてくるものだから、功安で茶葉一本で店を営み三十年、頑固おやじと評判の店主も思わずにやついて口を開いた。

「ほう、嬢ちゃん若いのに茶が好きかね？」

「はい！　それはもう大好きです！　それにしても流石《さすが》功安ですね！　素晴らしい銘茶がいっぱい！」

「そうだろうそうだろう。しかし、功安といえどここまで茶葉が揃ってる店はうちぐらいなもんだ。最近は宦官の奴らのせいで、良《い》い茶葉が市井に回ってこなくなったからな」

「……あれ、なんだかとても良い香が……」

そう言って、女は顔を上げて鼻をくんくん鳴らす。そして、店主の方を見た。

「もしかして、懐に安徽省《あんびしょう》の黄山毛峰《こうざんもうほう》の茶葉をお持ちではないですか？」

彼女の言葉に、可愛らしい客ににやけていた店主は目を見開き懐のあたりを手で押さえた。

そこには、女の言う通り黄山毛峰という香高い茶葉を隠している。

奥深い渋みとほのかな甘さが売りの緑茶だ。

銘茶である上に、昨年は虫の害で収量が少なかったためなかなか市場に出回っていない。

店主も売らずに自分が楽しむために持っていた。

若い女に言い当てられた店主は微《かす》かに眉をひそめた。

（うーん、この女、怪しい……）

青国では、お茶とは、茶木の葉を摘んだ後すぐに火入れをして発酵を止める緑茶のことを指す。

茶木の生育環境やその後の火入れの方法によってお茶の味や香が変わってはくるが、基本的には同じ種の茶木から作られるもの。

つまり……。

（こんな小娘が、茶として出す前の香だけで銘柄なんぞ分かるわけがない！　まったく、騙《だま》されるところだった。おそらくどこかでわしが黄山毛峰を隠し持っていると聞きつけた好事家が、若い女を差し向けて茶葉を奪いに来たのだな。ふん、どんな美女の誘いであろうとこのわしが手放すわけがないというに）

そう思うと、彼女の愛らしい容姿が憎らしい。

「どこで聞いたか知らないが、これは売り物じゃないんだ」

「そんなっ！　どうしてもだめですか？　ぜひ譲ってほしくて……お金なら出しますし！えっと……」

そういって女は背負っていた籠《かご》を下ろして中をあさり始めた。

大きな荷物を持っているなと思っていたが、籠の中に積まれていたのはほとんどが茶葉のようである。

「待て待て、どんなにお金を積まれようと売るつもりはない！　さあ帰ってく……ん？」

女を追い払おうと声をかけた店主は、女の持つ籠の中の茶葉に目を留めた。

小分けに包装された茶葉にはそれぞれ銘柄が書かれている。

その銘柄のどれもが、高価で希少価値の高いなかなか手に入らないような茶葉だった。

「嬢ちゃん、こんなに高価な茶葉を持って……茶葉の行商人かなにかなのかね？」

「茶葉の行商人!?　それも素敵ですね！　でも、残念ながら違うんです。この茶葉は私が個人的に楽しむために買ったもので」

と朗らかに答える女の声を聞きながら、籠の中の茶葉をじいっと見る。

（わしをだまして黄山毛峰を手に入れようなどと考えるのはけしからんが……それにしても良い茶葉ばかりだ）

相手が自分の茶葉を欲しがる詐欺師か何かと思っている店主だったが、むくむくと胸のうちに欲が湧いてきた。

この娘が持っている茶葉をどうにか手に入れられないだろうか、と。

そして一つの思い付きをした。

「嬢ちゃんが、どうしてもわしの持つ黄山毛峰が欲しいというのなら、一つ機会を与えてもいいぞ」

「本当ですか!?」

「うむ。わしと利き茶勝負をして、勝ったらこの黄山毛峰を譲ろう。だが、負けたら……

嬢ちゃんが持っている茶葉がわしのものになる。どうかね」

女は店主の提案に目を点にさせた。

利き茶勝負とは、お茶を飲んで銘柄を当てる勝負のことだ。

勝負に使う茶葉は店にたっぷりある上に、自分の店の茶葉のことなのでだいたいわかる。

絶対に店主が負けない勝負だ。

「もし負けたとしても、うちの店の茶を試飲し放題だと思えば悪くないだろう？」

戸惑っている様子の女に店主はそう畳みかける。

(さすがにこれほど分の悪い勝負には応じんか……)

と店主が思ったところで、女は笑顔を作った。

満面の笑みで、店主の手を握っている。

「良いのですか!?　ありがとうございます！　ぜひお願いします！　都の方ってお優しい方たちばかりですね！」

店主の予想に反して、女は勝負を受け入れた。

その上、何故か優しいと褒められる。

店主は少々戸惑いつつも利き茶勝負をするが、すぐに大いに後悔することになった。

「これは、蒙頂甘露《もうちょうかんろ》ですね。ですが……あまりいい品質のものではないのでおそらく一昨年流通したものでは？　あの年は蒙山《もうざん》の茶木が不作で、蒙山の名を騙《かた》る偽物が出回りました……。本当に悲しい年でしたね。本物の蒙頂甘露は淡く優しい飲み口の中にも力強さがあります。そうそう蒙山のお茶といえば、先ほど飲んだ蒙頂石花《せっか》と蒙頂甘露は同じ蒙山の茶樹《ちゃじゅ》なのに、釜炒《かまい》りの方法が違うだけで茶葉の見た目や風味が違うのもお茶の面白さですよね。本当にお茶と言うのは奥深くて……いくら味わっても味わいつくせません。あ、で、こちら蒙頂甘露であってますよね？　では次のお茶を……」

「わかった！　もういい！　わしの負けだ！」

店主はげっそりとした顔で、降参を願い出た。

利き茶勝負を始めて二刻ほど。

茶杯に入れたお茶を優に百杯は胃に納めている。

少しでも動けばお腹からちゃぷちゃぷと音が鳴りそうだった。

しかし己より多くお茶を飲んでいるはずの目の前の女は、涼し気な顔でまた新たなお茶に手を伸ばそうとしている。

「えっ!?　もう終わりなんですかー？」

女はそう言って、げっそりとした店主の前で余裕の笑みを浮かべた。

（この娘、化け物だ。まだ茶を飲めるのか。どの茶も当然のように銘柄を当ててくる上に、葉を摘んだ時期まで！　流石のわしも年代まではそうそう分からんぞ……！　というか……）

「お前さん、茶を飲んだ前と後とでなんか雰囲気かわってないか!?」

（最初は、育ちの良さそうな明るいお嬢さんって感じだったのに、そこはかとなく邪悪になったような……）

店主の叫びを聞いていた女は、クッと口角を上げてさらに悪どそうな笑みを浮かべる。

「それよりも、ご店主、はい」

そう言って女は手のひらを店主の前に出す。

早くよこせと催促するように。

店主は懐からきんちゃく袋を取り出すと、女に向かって放り投げた。

「わかったわかった！　ほうら、もっていけ。黄山毛峰の茶葉だ……。まったく。わし一人で楽しもうと思ったのに……」

「ふふ、どうも。本当に都の方々って太っ腹ですねぇ。お茶をたくさん飲ませてくださる上にお土産までくださるのですから。おかげで籠の中も茶葉でいっぱい」

女から呟《つぶや》かれた不穏な言葉に、店主はピクリと眉を動かした。

「ん？　それってことは、つまり……籠の中の茶葉は、もしかして全部こうやって利き茶勝負をして手に入れたってことか!?」

「皆さん、どうしてもって言うなら利き茶勝負でって言ってくださって……本当に、お優しいことです」

「優しいと言うかなんと言うか……」

新手の詐欺にひっかかったような気分である。

(わしが、欲を出したばかりに……。いや、しかし誠に恐れるべきは、この女よ。この若さで、あれほど茶に精通しているというのが、信じられん)

店主は用心深く女を見た。

手に入れたばかりの黄山毛峰の匂いを嗅《か》いで悦に入っている。

見た感じは可愛らしいただのお嬢さんに見えるのに、人は見た目では分からないものだなぁと店主はしみじみ思った。

(胃はちゃぷちゃぷで苦しいし、大事な黄山毛峰は取られて最悪なことには変わりないが、妙な清々《すがすが》しさを感じるのは、彼女が本当にわしの上をいく茶道楽だからだろうなぁ)

憑《つ》きものがついたかのようにお茶にのめり込む者は『茶道楽』と、玄人の間では呼ばれている。

彼女が茶道楽なのは、そのお茶の知識から明らかだった。

「そういえば、嬢ちゃんは何しに都に来たんだい？　あの宦官の秦漱石《しんそうせき》が出しゃばり始めてから、功安も景気が悪い。引きこもり帝も秦漱石には逆らえず何もしてくれる気配がないしな。まあ、即位前から出涸《でが》らし皇子なんて呼ばれてたから、そう期待はしておらんが……。何はともあれ、正直女性の一人歩きはおすすめせんよ」

店主がそう言うと、女は顔を上げた。

「私、茶師なんですよ。それで、皇帝献上茶の選定会に、自作のお茶で参加しようと思って」

皇帝献上茶の選定会とは、毎年清明節に行われる、皇帝が飲み比べて最も美味《おい》しいお茶を決める催しのことだ。

皇帝献上茶に選ばれたお茶は最高の名誉を得ることができる。

茶師――良いお茶を作るために茶木の栽培から行う者たちが目指す頂点だ。

「ほお、茶師だったか。嬢ちゃんの作った茶は興味深いね。うまそうだ」

あれほど精通している者が作った茶なら相当美味《うま》いのだろうと、店主は思った。

しかし、先ほどまで手に入れた黄山毛峰を見てニヤニヤしていた女の笑顔が少しばかり陰る。

「うーん、正直なところ、私の作ったお茶は、他のお茶と比べたらまだまだで。ですが……どうしても晴れ舞台に連れていきたくて」

「ほう……ん？　あれ、しかし、まてよ……選定会の受付は、もうそろそろ終わるんじゃないのか？」

「え？　えっ……あ――――！」

太陽が真上に近くなっているのを確認して女は声を上げた。

「そうだった！　いけない！　利き茶に夢中になりすぎました……！」

「ま、まてまておちつけ！　正午の鐘はなっていない。まだぎりぎり大丈夫なはずだ」

女は慌てて籠に茶葉の袋を詰め直す。

店主も一緒に籠に詰めるのを手伝った。

「なんでこんなギリギリな状態で、利き茶勝負なんかしとったんだ！」

「だって、おいしそうなお茶があったら飲まないと失礼ですよね!?　ってだめだ、言い争ってる時間も惜しい……！　あ、皇帝献上茶の選定会の受付がどこか知ってますか？」

詰め終わった籠を、背中に背負い直しながら女は尋ねた。

「受付は毎年青禁城《せいきんじょう》の門前だ。人がたくさんいるからすぐにわかる」

「わかりました！　ありがとうございます！」

慌てて駆けていく背中に、店主は思い出したように声をかけた。

「そうだ、嬢ちゃん名前はなんていうんかね？　また一緒に茶を飲もう！」

「私は、采夏《さいか》です！　おじさんのお茶、美味でした！　またご一緒しましょう！」

軽く振り返って片手を振ると采夏は満面の笑みで応《こた》えた。

「そうか、采夏！　がんばれよー！」

そうして茶師の娘——采夏は笑顔で都の中心、青禁城へと駆け出した。

その背中を見ながら店主は満足そうに頷《うなず》く。

「茶が好きすぎて、ちと性格に難がありそうだが、あれだけの茶の知識。きっと良《い》い茶師になるだろうな……今年の皇帝献上茶が楽しみだ」

店主はそう言って、采夏が向かっていった方角へと目を向けた。

皇帝のいる青禁城を見たつもりだったが、残念なことにここからは宦官《かんがん》の秦漱石が住まう派手でかい屋敷が邪魔で、城そのものは見えない。

(自分の私腹を肥やすことしかしない宦官どもに、宦官に怯《おび》えて何もしない引きこもり帝が、采夏の作る茶を一番に飲めるのか。世の中は本当に理不尽だねぇ)

宦官の圧政で次第に影が差す功安の町並みと、それに反比例して派手さを増していく宦官の屋敷とを見ながら店主はそんなことを思ったのだった。

※

功安の鮮やかな町並みを小走りで采夏は進んでいた。

青禁城に近くなるにつれ、金や赤を柱や壁面に塗りたくった派手な装飾の高級飲食店などが軒を連ねる。よくよく見ると、その高級店を利用する客のほとんどは宦官だが、采夏は気にせず前方に高くそびえる金色の建物を目指した。

(あれが青禁城？　思ったよりも近くて助かったわ。間に合いそう)

どこよりも派手で、大きい。

あまりの大きさにその向こうが何も見えないほどだ。

あのご立派な建物で、皇帝献上茶の選定会が行われるに違いない。

よく見るとその青禁城と思《おぼ》しき建物の側で、めかしこんだ女性たちが行列を作っている。

(もしかして、あの人たちも私と同じように皇帝献上茶の選定会に自分のお茶を持ってきたのかしら……!?)

地元では、茶師を夢見る娘は采夏ぐらいだった。

流石《さすが》、都。

きっと彼女たちも、日々お茶のために生きてきたに違いない。自分と同じように。

采夏はぎゅっと胸に抱いた茶筒を抱え直す。

この筒の中には、采夏が作った茶葉が入っている。

自分の作ったお茶が、皇帝献上茶に選ばれるのが夢だった。

だから、親の反対を押し切ってここまできたが、采夏はわかっている。自分のお茶は選ばれない。

采夏はお茶が好きだ。それはもう酔狂と言われるほどにお茶を溺愛している。

銘茶があると聞けば、大金をはたいて買い付ける。

物珍しい茶樹が生えている山があると聞けば、時間を問わず山登り。

お茶にあう名水の噂を聞けばすぐさま駆けつけた。

采夏を知る者は、誰もが彼女のことを茶道楽と言う。

それほどまでにお茶を愛し、数々のお茶を愛飲しているからこそ知っているのだ。

自分が作ったお茶は、それほどおいしいものではない、ということを。

それでも夢をあきらめきれない。采夏はもう十八になった。

結婚をしていてもおかしくない年頃だ。

現に親からは毎日のように婚姻の話しを持ち掛けられている。

自由にできるのは、これが最後かもしれないのだ。

(……まずはお茶を出品しなくては)

そして彼女は受付の最後尾に並んだ。

長旅で、采夏は自分ではわからないままにかなり疲弊していたし、慌てていたし、浮かれていた。

だから気づけなかった。

目の前の金色の建物は、皇帝の威を借りて力をつけた宦官・秦漱石の屋敷で、皇帝のいる青禁城ではないことに。

そして、あの女性たちの行列の先にあるのは皇帝献上茶の選定会の受付ではなく、女性が妃として後宮に入るための試験、后妃選定面接試験「選秀女《せんしゅうじょ》」の受付だということに。

第一章　お茶の魅力に果てはなく

后妃選定面接試験「選秀女《せんしゅうじょ》」は、宦官・秦漱石《しんそうせき》の息のかかった者たちで行っている。力のある家の娘と皇帝がつながらないように、宦官たちがふるいに掛けているのだ。つまり、名家の淑女は落とされ、健康で若く美しく、そして何よりも家柄の格が高くない者はそのまま合格できる。

采夏《さいか》は年齢が上限ギリギリではあったものの、健康的な女性だ。

見た目も悪くない。

そして、山を越えてやってきた茶家の娘と聞いた試験官は、すぐに合格の札を掲げた。

采夏はその時になって初めて、これは皇帝献上茶の選定会ではないのでは……？　と気づいたが、もう遅かった。

あれよあれよという間に、身ぐるみはがされ体を清められて新しい薄紅色の襦裙《じゅくん》を与えられ、後宮に放り込まれたのだった。

どうにか、愛用の茶道具と、自分が作った茶葉だけは確保できたが……。

「うう、市場で手に入れた茶葉を全部取られるなんて……！」

途方に暮れた目で采夏は空を仰ぎ見た。

憂鬱な采夏とは対照的に、空は雲一つなく青く澄み渡っている。

利き茶勝負を仕掛けさせて手に入れた茶葉は、後宮に入る前に宦官に取られてしまった。

采夏一生の不覚である。

「国一番の茶師になるために都に来たはずなのに、まさか妃だなんて……。というか、まずはどうにかして茶葉を手に入れないと、私、生きていけない」

後宮は基本的な生活にはそこまで不自由しないが、お茶は嗜好品《しこうひん》。入りたての下級妃である采夏に供されることはほとんどない。

お茶がないと生きてはいけない采夏にとっては、致命的な環境だ。

広々とした後宮内の庭で、人目に付きにくい奥まったところを見つけて腰を下ろした采夏は、己の不幸を嘆いた。そして懐から茶筒を取り出す。

ここには、采夏が作った茶葉が入っているが、これはもともと皇帝献上茶の選定会に出す予定だったもの。

だが、采夏が覚悟を決めてわざわざ都までやってきた目的——選定会は終わってしまった。

（まさかあの建物が秦漱石とかいう宦官の屋敷だったなんて……）

秦漱石は、お茶にしかほとんど興味のない采夏でもその悪名を知っているほど有名な宦官だった。

宮中に自分の息のかかった者たちを放し、自分に対する不満をつぶやく者を見つけたら容赦なく始末するらしい。

現在青国《せいこく》では、宦官秦漱石による専横政治が行われていることは有名な話しだった。

皇帝は、秦漱石の後ろに隠れてなかなか姿も現さない引きこもり帝だと言われている。

「とりあえずお茶を飲もうかな。今あるのは、私が作ったお茶だけだけれど、飲まないと死にそうだし」

采夏はそう呟《つぶや》いて目の前の火鉢を見た。

上に水を張った釜《かま》が置かれている。

火鉢と釜は、女官にお願いして用意してもらったものだ。

その釜に注いだ水に少しばかりの気泡が浮き上がり始めたが、丁度良い温度に湯が沸くまでまだまだ時間がかかりそうである。

采夏は上が平らかな大きな石を卓にして、そこに持参していた手のひらにすっぽり収まるほどの小さな茶杯を置く。

久しぶりのお茶だ。

正直、采夏の作ったお茶は特別おいしいとは言えないが、それでもお茶が飲めると思うと気持ちがはやる。

そんな心持ちでいた時に、スンと采夏の鼻孔を茶葉の香ばしい匂いが刺激して、はっと目を見開く。

(この茶葉の香は、かなりの上物!!)

お茶に関しては獣並みの嗅覚を誇る采夏がそう推測して、どこから香るのだろうかと顔を上げた時、目の前の低木の葉を揺らして人が現れた。

目から下を黒い布で覆っていて顔は分からないが、恰好《かっこう》からして後宮の宦官《かんがん》――つまり去勢された男性だ。

灰色の官服は、宦官の階級の中でも下の方の者の証《あかし》。

宦官は、ここに人がいるとは思ってもいなかったようで、采夏の姿を見て目を丸くする。

「こんなところで、何をしている?」

宦官はまじまじと采夏を見ながらそう問うた。

「え? 見てのとおり、お茶を飲もうとしてるところですけど……?」

「茶……ここでか?」

地べたに座ってお茶を飲む妃を初めて見たと言いたげな声色だった。

実際、華の後宮でそんなことをしている妃は采夏しかいないだろう。

「ええ、まあ、いいお天気でしたので」

そう言って采夏は改めて宦官の男を見る。

(顔が隠れているから分からなかったけれど……結構若い人みたい)

宦官といえば、昔は罪を犯し、刑罰によって去勢され無理やり後宮で労役させられているという者がほとんどだったが、宦官である秦漱石の力が強くなるにつれ、自ら進んで去勢をして宦官になりたがる者も増えてきた。

官僚になるためには科挙《かきょ》と言う大変難しい試験に合格しなければならないが、宦官ならば試験に受からなくても宮勤めができ、とりあえず食うものには困らない。

もちろん、下のものを切除するという犠牲は伴うが。

若い宦官も増えているというのは本当なんだと思ったところで、あることに気付いた。

先ほど嗅《か》ぎ取った茶葉の香はこの宦官から、してくる。

(この人が、茶葉を持っている!?)

ぱあっと、一瞬にして采夏の脳内は茶葉に侵された。

お茶のことしか考えられない。

なにせこの宦官が持っているお茶の匂い、采夏の推測が正しければ、それは……。

「そうか。邪魔をしてすまなかった。なら私はこれで……」

「ま、待ってください！」

すぐに去ろうとした宦官を采夏は引き留めた。

「茶葉をお持ちですよね？」

「茶葉……？　ああ、これのことか。今朝飲もうと思ったが、忘れていてそのままだった」

宦官はそう言って懐から巾着を取り出した。

そして紐《ひも》を緩めるとそこから、濃緑色をしたものをつまみ上げる。茶葉だ。

そして宦官が何となしに掲げた茶葉を見て采夏は目を丸くした。

（あの茶葉の色、葉の形、そしてこの匂い……間違いなくあれは）

「それは、龍井茶《ロンジンチャ》ですよね!?」

龍井茶。昨年の皇帝献上茶にも選ばれた銘茶の中の銘茶である。

采夏は今にも涎《よだれ》を垂らさんばかりに口を緩め、キラキラとした瞳《ひとみ》を茶葉に向けた。

「ああ、確かにそんな名だったか。……しかし、なんで分かったんだ？」

「それはもうこの爽やかでいて深みのある香ですぐに分かります」

「ふーん、茶が好きなのか」

「ええ、とっても！」

「なら、やる」

そう言って、宦官はそのお茶をポンと采夏に投げてよこした。

采夏は慌ててそれを受け取る。

手元から先ほど欲した茶葉の香がどっとあふれ出てくるようで、思わず采夏は震えた。

「え？　え、え、良《い》いのですか!?」

なにせこのお茶——龍井茶はとても高価だ。

低品質のものですら庶民では絶対に手が出ないほどの金額になる。

確かに今の時世において宦官の権力は強いが、それは一部の宦官、秦漱石などを筆頭とした上位の宦官たちだ。

灰色の衣を着た下級宦官である目の前の男は、それほど裕福ではないはず。

(龍井茶をこうもやすやすと他人に譲るとか、この人正気!?)

お茶を愛しすぎている采夏には、貴重な茶葉を譲る人の気持ちが良く分からない。

分からな過ぎて……このまま本当にもらっても良いものかと、茶葉を持つ手に緊張が走る。

思わず額に冷や汗をかく。

しかし采夏はこの茶葉が欲しい。

これを今沸かしている最中の湯で淹《い》れていますぐ飲みたい。とても飲みたい。

それはもう喉から茶壺《ちゃふう》がでてきてそこに茶葉をしまいたくなるほど飲みたい。

「別に遠慮しなくていい。そもそも俺は茶が好きじゃない。龍井茶もだが……茶は苦い。健康のための薬として飲んでいるだけだ」

宦官の言葉で、先ほどまでの迷いがどこかに飛んでいき、采夏は思わず眉をひそめた。

(龍井茶が、苦い……?)

「それは、何かの勘違いではございませんか？　だってこれは、皇帝献上茶にも選ばれたお茶ですよ？」

「確かにそうだが、茶は茶。どうあがいてもただの茶に過ぎないだろ」

当然とばかりに言う宦官の言葉に、采夏はカッと目を見開いた。

（『どうあがいてもただの茶に過ぎない』ですって……？）

「いいえ!!　お茶には無限の可能性があります！　時には、人の心を癒《いや》し、時には励ます。最上のお茶は、人を極楽へと導く橋渡しになるでしょう」

「……極楽への橋渡し？　これまた大層なことを。俺は未《いま》だかつて茶を飲んで極楽を味わったことなんてないぞ」

そう言って少々意地悪く馬鹿にするようにハハと笑う。

そして再度口を開いた。

「確かにこの龍井茶は良い茶だとは思う。茶なのに多少の甘みがある。……だが、それだけ。全ての物事には限界があるんだ。所詮《しょせん》はこれも、茶。喉を潤し、少々は気分を良くすることも可能であろうが、そこまでだ。そのものがもつ領分以上のことは、出来ない」

宦官の声は苦々しい響きを有し、何故か自嘲するような笑みさえ浮かべている。

どこか、何かをあきらめたかのような顔。

彼が何故そのような顔をするのか、采夏には分からない。

分からないが……彼には、『お茶』が必要なことだけは、はっきりと分かった。

と言うかその前に、彼のお茶に対する姿勢が、そもそも采夏は気に食わないのである。

采夏の耳に、ふつふつと火鉢に掛けていた湯が沸く音が響く。

丁度いい。

「私と一緒にお茶をしませんか？」

「お茶……？」

「全ての物事には限界があるとおっしゃいますが、少なくともお茶に関して言えば、違います。私はお茶の魅力に果てを見たことはございません。……その証拠に、私が極楽に連れて行って差し上げましょう。お茶で」

采夏はそう言って、強気な笑みを浮かべた。


男は、采夏の誘いに乗り、彼女にならって地面に座った。

そのことに男——黒瑛《こくえい》は我ながら驚いていた。

戸惑う黒瑛のことを知ってか知らずか、采夏は粛々とお茶の準備を行っている。

(なんか変なことになっちまったな。まさかこんなところで后妃と茶を飲むことになるとは……)

戸惑う黒瑛の耳に、ふつふつと静かに湯が沸きあがる音が聞こえて釜《かま》を見る。

釜の湯に少しばかりの気泡が沸きだしたところだ。

そこから采夏が瓢簞《ひょうたん》で作った柄杓《ひしゃく》を使ってお湯を掬《すく》いだしてわけ、残りはそのまま釜の中。

(湯をわけた……？　あれは、何をしているんだ？)

采夏の行動に、黒瑛は小さく首を傾《かし》げた。

黒瑛が知るお茶の作り方は、釜に茶葉を入れて熱湯で煮出すやり方だ。

黒瑛に仕える宦官たちは皆そうしている。

そしてその宦官たちのことを思い出して、あの忌々しい秦漱石の顔まで脳裏によぎり気持ちが重くなった。

秦漱石は、皇帝の側仕えの宦官でありながら、皇帝をさしおき青国の実権を握っている。

今の皇帝は、秦漱石の傀儡《かいらい》だ。

秦漱石は、三代続けて年若い皇帝を擁立し、自分の権力を保持し続けてきたが、二代続けて皇帝は早世している。

早世するのは決まって、皇帝が己の権力を主張し、敵対の姿勢を示した時だ。

秦漱石が傀儡になれない皇帝は不要とばかりに、殺《あや》めているのは明白だった。

誰もがそれを知っているのに糾弾《きゅうだん》できないでいるのは、それほど秦漱石の力が強いからである。

黒瑛が物思いにふける中、采夏は釜の中に茶葉を投入した。

先ほど、黒瑛が采夏に与えた龍井茶だ。

踊るように茶葉が釜の中で旋回する。

そしてゆっくりと、茶独特のふくよかな香があたりに広がった。

「さすがは龍井茶です。一瞬にして場を制するほどの香を持ちながらも嫌みがなくて上品。しつこさもない」

うっとりとした顔で采夏がそう言うと、釜の湯がさらに煮立つ。

采夏はすかさず先ほど柄杓で掬っていた湯を釜に戻してまた少し煮立たせ、火を消した。

黒瑛は目を見張る。

「もう沸かさないのか？　茶と言うのは熱湯でよく煮出すものだと思ってたが」

「……龍井茶はそれほど煮出さなくとも、香も味も十分に引き出せる素晴らしい茶葉でございます」

采夏はそう言って、石の卓の上に並べられた小さな茶杯にお茶を入れる。どうやら完成したらしい。

その龍井茶を見て、再び黒瑛は目を見張った。

（いつも飲んでいるのと色が違う……）

いつも飲んでいる龍井茶は、もっと緑が強く茶色に近かったが、采夏が淹《い》れた茶の色は淡い、本当に淡い黄色。

　ほとんど透明に近いと言ってもいい。

（色みは薄いが、妙に引き付けられる……。この香のせいか？　体中が今目の前のこの飲み物を欲しているようだ）

　黒瑛はこの不思議な感覚に戸惑いながらもゆっくりと口をつけた。

　最初にやってきたのは、緑茶独特の青々しい苦み。

　しかしそれはすぐに舌の上を春風のように吹き抜けて、残ったのはとろりとした甘みだった。

「甘い……」

　思わず口に出した。

　黒瑛は緑茶を飲んで、これほどまでに甘いと感じたことはなかった。

　薬としても使われる青国の緑茶は、苦くて当たり前。

　良薬は口に苦しの言葉の通りだ。

　黒瑛は、そう思っていた。

　だが、今飲んだ茶は、甘い。

　しかもくどくどとした甘さではない。爽《さわ》やかだ。

　草原で日向《ひなた》に寝転んでいるかのような、ほっこりとした甘い爽やかさ……。

うっとりとして目を閉じると、黒瑛は魂だけがどこか別の場所に飛ばされた――心地よい春の風を感じる。

夢の中のような心地で、そよそよと柔らかい草が肌を優しくなでていく。

恐る恐る目を開けると青々とした雄大な山が見えた。

その山から吹き下ろしてきた風の中に清涼な香が混じる。

あの山は茶木の山だ。

春の陽気に誘われて顔を出した茶の新芽が見える。

新芽は風にさらわれて、茶碗《ちゃわん》の中に溶け込んだ。

そうか、この香は春を待ちわびた新芽の香……。

体中に染み渡る温かさは、春の日差しだ。

風に乗ってやってきた香は奥が深く、果てがない。

そう、果てがない。

夢うつつの心地で、手元の茶杯に目を移すと先ほど飲み干したお茶が、再び注がれていた。

目の前の下級妃が入れてくれたのだろう。

黒瑛は二杯目を煽《あお》る。

温かい。体中がほぐれてゆくようだ。

　そして三杯、四杯……。

「……何故、こんなにも味が違うんだ？　今まで飲んだものと同じだとは思えない」

　静かにお茶を飲んでいた黒瑛は、そう呟《つぶや》いた。

「お茶は、熱湯で煮出しますと、苦みや渋みが多く出されるのです。恐れながらあまり苦みが得意でないようでしたので、低温で煮出してお茶を淹れました。低温でお茶を淹れると、苦みが抑えられる分、甘みを強く感じます」

（温度で？　なら茶葉を煮る時、途中でお湯を柄杓で掬ったのは、釜の湯が熱くなりすぎないように温度を調整するためか。だがそれだけでこんなに違うものなのか……？）

「……信じられない。本当に、低温で煮出しただけか？　香も何もかもが違う」

「陛下は、今まで熱く煮出したお茶しか飲まれなかったのでしょう。戸惑われるのも無理はありませんが、お茶は淹れ方次第で、大きく味や香を変えます」

「淹れ方で……ん？」

　采夏の説明を聞きながらお茶について考えていた黒瑛は、顔を上げた。

「……さっき、陛下って言わなかったか……？」

　黒瑛がそう言うと、采夏は地面に手を突き頭を下げた。

「誠に申し訳ありませんでした。私は下級の宦官《かんがん》だと勘違いをして、大変無礼な振る舞いをしてしまいました。どうかご容赦を！」

深々と頭を下げる采夏を見下ろしながら、黒瑛は目を見張った。

何故、黒瑛のことを皇帝だと思ったのだろうか。

引きこもり帝の二つ名通り、今の皇帝はずっと寝殿に引きこもっており、顔を知っている者はほとんどいない。

皇子時代でさえ、出涸《でが》らし皇子と呼ばれるほど宮中の者には嫌われ、外で好き放題遊びまわっていた。

入りたての下級妃が皇帝の顔を知っているはずがないのだ。

「いや……顔を上げろ。いや、なんというか、勘違いも何も、俺が今着ているのは下級宦官服だ。ぎゃ、逆に、どうして俺が皇帝だなんて思ったんだ？」

「いくつか理由がありますが、まず陛下がお茶のことを『薬』だとおっしゃったことです。お茶は元々は不老不死の薬として宮中で重用され、皇家に献上されてきました。ですが今ではほとんどの方にとってお茶は嗜好品《しこうひん》の一つです。薬として飲まれているとなると、薬として献上されてきた歴史を持つ皇家に近しきお方なのかと推測しました」

「く、薬と思っているわけではなく、ただ苦いから、薬みたいだなと、そう思っただけで……」

「陛下がお茶を苦いと評されたことも理由の一つです。お茶を薬として扱う皇家の方々は、効能を十分に引き出すために熱湯で煮出し、熱いうちに飲むのが通例だと聞いたことがあります。先ほども申しましたが、熱い湯で淹《い》れたお茶は渋みや苦みが強く出る傾向にあります。これほどの良い茶葉を持ちながら、苦いお茶しか知らないとおっしゃったことで引っかかりました」

まったくもってその通りだったために、とうとう黒瑛は口を閉じた。

そして采夏はさらに追撃するように口を開ける。

「そして、一番の理由は、陛下が持っておられたこの茶葉が龍井茶だからです。龍井茶は我が国の銘茶中の銘茶……し、しかも……」

先ほどまで淡々と語っていた様子の采夏だったが、ここにきて体を震えさせ始めた。

そしてカッと目を見開く。

「この龍井茶はっ!!　明前《ミンチェン》のっ!!　龍井茶っ!!」

そう叫んだ采夏の目は爛《らん》々と輝き、顔も照り輝いている。

そしてしばらくハアハアと息継ぎした後、ゴクッと唾《つば》を飲みこんでまた口を開いた。

「清明節《せいめいせつ》より前に摘まれた葉だけで作られた最高級の龍井茶なんですよ!?　それを清明節が明けたばかりの今飲むことを許されているのは、皇帝陛下しかおられないじゃないですか！　ああ！　陛下！　このような希少なお茶を飲む機会を与えてくださりありがとうございます！」

采夏が前のめりでその感動を伝えると、その迫力に押されて思わず黒瑛は背を少々のけ反らせる。

黒瑛は自分のことで頭がいっぱいで目に入っていなかったのだが、よく見るとお茶を淹れた釜が空だった。

黒瑛自身も飲んだが、あの大きな釜に入っていたお茶を全て自分が飲み尽くしたとは考えにくい。

おそらく采夏が飲み干したのだ。

あっけにとられた黒瑛の反応を見た采夏が焦ったように口を開く。

「あ、すみません、ついつい飲み過ぎてしまいました。しかし飲んでしまった龍井茶はもうお返しできませんのでご承知ください。吐き出せと言われても、吐き出しませんのでご承知ください」

「いや、別に、吐き出さなくていいんだが……むしろ吐き出さないで欲しいんだが……」

鼻息を荒くする采夏だが、黒瑛にとってはお茶が飲み干されたことは大した問題ではない。

問題は、自分が皇帝であることがばれたことだ。

(……迂闊《うかつ》過ぎる。いやしかし、まさか、茶を飲んで銘柄を当ててくる妃がいるとは思わないだろ)

黒瑛は、己の迂闊さを嘆き、采夏の嗅覚《きゅうかく》に脅威を覚えつつ負けを認めた。

今さら隠しだてできそうもない。

采夏の言う通り、下級の宦官に扮《ふん》してはいるが、黒瑛こそが引きこもり帝と呼ばれる青国の第九代皇帝その人であった。

皇帝であるにもかかわらず、自分の耳には宦官からの嘘《うそ》の入り混じった報告しか入らないため、たまに自ら宦官などに扮して世情を探っているのだ。

そう、黒瑛には野心がある。

あの憎い秦漱石に復讐《ふくしゅう》をするという暗い野心が。

先帝であり、黒瑛の実の兄である士瑛《しえい》は、秦漱石によって殺された。

兄の士瑛は文武ともに優秀で、仁に厚くよく慕われていた。

だからこそ、秦漱石に反発し……殺された。

そう、あの出来の良い兄でさえ、秦漱石には敵《かな》わなかったのだ。

そして母である永《えい》皇太后は、次に帝位に就いた黒瑛に、愚かなふりをして己《おの》が身を守るように助言をした。

故に黒瑛は政《まつりごと》に興味がないふりをし引きこもり帝と呼ばれることになったが、このまま秦漱石をのさばらせるつもりはない。

まずは秦漱石に奪われた権力を取り返し、兄の敵を討つ。

だが、元々ただの商家の娘だった母に力のある親類はおらず、志正しく有能な官吏は秦漱石によって尽《ことごと》く排除されていた。

加えて帝位からは程遠い位置にいた黒瑛は、皇帝として必要な教育もあまり受けておらず、兄の士瑛のように出来が良くない。

下町の不良たちと付き合って悪さしていたこともあり、口調も性格も少々粗暴で宮中では、兄に良いところをすべて吸われた『出涸らし皇子』などという不名誉な名で呼ばれていたほどだ。

優秀な兄である士瑛は敗れ、今宮中にいる者のほとんどは、秦漱石におもねる者たちばかり。

どうにかして政権を取り戻したいが、苦戦を強いられているのは明らか。最近は優秀な兄でもできなかったことが、自分にやれるのかと思うことが多くなった。

采夏に向かって、『全ての物事には限界がある』と言ったのは、その想いが強くなってきたからだろう。

名ばかりの皇帝。出来そこないの弟。出涸らし皇子。引きこもり帝。

自分にできることなど、ほとんどないに等しい。

そう思っていた。だが……。

黒瑛は空の茶杯に目を向ける。

先ほどまで飲んでいたお茶の味を反芻《はんすう》した。

「……俺が、宦官に扮していたことは、悪いが秘密にしてもらえるか？」

「そう望まれるのでしたら、もちろんそうしますが……」

そう言って不思議そうな瞳《ひとみ》を黒瑛に向ける。

何故そのようなことをしているのか、そう思っているのだろう。

その瞳に黒瑛は己の迂闊さを恥じつつ苦く笑った。

「できれば理由も聞かないでくれ。その代わり、残りの茶葉はやる。口止め料だ。もらってくれるな？」

「龍井茶を……!?　口止め料ということなら、遠慮なく！　もちろん、陛下の命とあらば、誰にも言いませんとも！」

そう言って采夏はぐっと唇を内側にかんで、口が堅いことを主張した。

茶葉がもらえることが相当嬉《うれ》しかったらしく、頬が紅潮している。

その幼げな仕草に、お菓子を餌に言うことを聞かされる子供の姿が連想されて思わず黒瑛の顔は綻《ほころ》んだ。

「お前、名前はなんていうんだ……？」

後宮での人との関わりを極力なくしていた黒瑛だったが、気づいたらそう口にしていた。

とても気分がいいからだろうか。

あのお茶が口の中を潤し、軽やかにしたのかもしれない。

「采夏と申します」

「采夏。良い名だ」

黒瑛は采夏の名をゆっくりと口にした。

基本的に寝殿で引きこもる黒瑛にとって、彼女との出会いは新鮮だった。

それになにより気づかせてくれた。

上手《うま》くいかないことばかりが続き、自分で自分の限界を作りあきらめかけていた黒瑛に、まだできることはあるはずだと、そう、思わせてくれた。

なにせ、お茶でさえ淹れ方の違いでこれ程までに変化を遂げることができるのだから。

「……感謝する」

そう言って黒瑛は、何か柔らかなものを感じながら思わず微笑みを浮かべていた。

宦官改め皇帝陛下が満足そうに采夏の元から離れていき、采夏はハアと大きく息をついた。

(まさか皇帝陛下とこんな庭でばったり遭遇するなんて……さすが後宮)

龍井茶があったから落ち着いた素振りができたが、よくよく考えればすごいことだ。

なにせ相手はこの国の頂点である皇帝なのだから。

ちょっとでも失礼があれば、すぐにこちらの首が飛ばされてしまうほどの尊いお方だ。

（皇帝にばったり遭遇したのもすごいけど、それよりこんな庭で、まさか明前の龍井茶と出合えるなんて、後宮すご過ぎる……！）

皇帝を『それより』と脇に置いて空になった茶壺《ちゃふう》を見た采夏は、思わず顔がニヤけた。

先ほど飲んだ明前の龍井茶の味わいを思い出す。

（ああ、龍井茶は本当においしかった！　陛下のことは驚いたけど、あの龍井茶が飲めたのなら万々歳だわ。むしろ不敬で処されても本望。きっとこれはお茶の導き……！　ああお茶の神よ、感謝いたします！）

両手を空高く掲げ、天に感謝を示した。

傍《はた》から見たらその奇矯な振る舞いに驚かれるだろうが、幸いにもこの場には誰もいなかった。

「……けれど、陛下が、龍井茶を持っていたということは、今年の皇帝献上茶に選ばれたのも、去年に引き続き龍井茶だったたってことよね」

采夏は思わずそう口にする。

今年が最後の機会だと、自分の作ったお茶を持って皇帝献上茶の選定会のために上京した采夏だったが、結局選定会には参加できなかった。

「龍井茶、本当においしかった。……私のお茶なんて勝負になりっこないって分かってるのに、なんでこんなに未練がましい気持ちになるのかしら」

采夏は自嘲の笑みを浮かべ、胸のあたりに手を置いた。

そこには、自分で作った茶葉を入れている。

今まで明前の龍井茶は飲んだことがなかったが、一口飲んだだけでこれがそうだとすぐに分かった。

それほどの素晴らしいお茶だった。

それに、お茶を飲んだ時の、皇帝のあの顔。

「私が作ったお茶では、きっと陛下にあんな顔をさせることはできなかった」

そう呟《つぶや》いて、陛下がお茶を飲んだときの顔を思い出す。

顔を隠していた布を少しめくってお茶を飲む陛下の表情に浮かぶ、『おいしい』の色。

そしてなによりあの夢心地な目だ。

魂だけが、どこかに飛んでいったような……。

皇帝のお茶の飲みっぷりを思い出し、采夏は少しばかり頬が紅潮した。

顔を隠してはいたが、にじみ出る色気というのだろうか……おいしそうにお茶を飲む姿が、妙に色っぽい。

「噂では引きこもり帝とか何とか言われてるみたいだけど、そう悪い人ではないような気がするわ。だってあんなおいしそうにお茶を飲むし、それになにより……龍井茶をくれたんだもの！」

そう言って、采夏は先ほどもらった龍井茶の茶葉を見てうっとりと微笑んだ。

※※※

後宮にいる妃たちは、衣食住には困らない。

だが、厳格な階級制度が存在しており、階級によって露骨に妃の食事内容や与えられる部屋などが変わってくる。

階級が高い方が何かにつけて質が良いものを与えられるのだが、入ったばかりの采夏は下級妃であり、階級は妃の中では最下層。

色々不便なところがあり、采夏の目下の悩みは下級妃にはお茶が提供されないことであった。

皇帝から頂いた龍井茶のおかげでしばらくは何とか生きてこられたが、それもそろそろ底をつく。

今後のことを考えて、采夏は、どうにかお茶を手に入れることはできないかと、後宮の食を管理する司食殿《ししょくでん》を訪れていた。

訪れた、とは言っても中に入ることはできないので、司食殿の格子窓からそっと中を覗《のぞ》いているという怪しさだったが。

働いている。

　ということで采夏がこっそり中を窺《うかが》う司食殿では、宮女たちが大きな台所で忙しそうに
（このどこかに茶葉が……あ！　茶葉がこんもりと！）

覗き込む采夏は、宮女たちがお盆に白い産毛《うぶげ》を生やした茶葉を運ぶさまを発見して目を輝かせた。

　しかし問題はこれからだ。

　どうやってあのお茶を強奪……いや、譲ってもらおうか。

　実は以前、真正面からお茶をくださいと言ってみたこともあるが、采夏が下級妃であると分かったら門前払いされた。

　妃とは言え、下級妃ともなると宦官《かんがん》はもちろん宮女や女官もあまり敬わないという世知辛い後宮事情。

　采夏が茶葉を手に入れる方法を考えていると、茶葉を運んでいた宮女が「きゃ！」と声を上げてこけた。しかも雪崩式に前を歩いていたもう一人の茶葉を持つ宮女も倒れ込む。

　一瞬にして床に、大量の茶葉がまき散らされてしまった。

「なんてこと！」

　司食殿の宮女たちは、現状に気付いて騒ぎ出した。

「どうしよう、中級妃様用の茶葉と、上級妃様用の茶葉が混ざっちゃった……！」

こけた宮女が真っ青な顔でそう言った。

後宮では、階級によって使用される茶葉の質が違う。

上級妃に提供されるお茶の方が、中級妃に出されるお茶よりも品質がいいものが選ばれていた。

「貴女《あなた》がぶつかってくるから！」

「だって、なんか視線みたいなものを感じた気がして……すみません」

茶葉を落とした二人の宮女が泣きそうな声でそう言うと、その二人の上司に当たるらしい年配の宮女が困ったようにあごに手を置いた。

「どうしましょう。どうにかして、時間までに茶葉を品質別に分けないと……」

上級妃に、質の悪い茶葉で淹《い》れたお茶を提供するわけにはいかない。

もしそれがばれたら、宮女の首が飛びかねなかった。

だが、この大量に混ざり合った茶葉を一つ一つ確認して品質別に分けるのは、ここにいる宮女を総動員しても無理なことは目に見えている。

「あのー、すみません！」

絶望の沈黙が広がる中、突然間の抜けた声が響く。

宮女たちが、その声を発した格子窓の向こうに立っている者、采夏を見た。

「よろしければ、私が茶葉の選別をしましょうか？　すぐに終わらせる方法を知ってます」

采夏はにっこり笑顔でそう言った。

※

宮女たちは戸惑いつつも、自分たちの首がかかっているので藁《わら》にもすがる気持ちで采夏に茶葉の選別をお願いした。

采夏は、まず宮女たちに目の粗さの違うざるを二つ用意させる。

「んー！　この果物を彷彿《ほうふつ》とさせる華やかな香に、茶葉についた細やかな可愛い白い産毛、これは緑茶の碧螺春《へきらしゅん》ですね！」

采夏は、恍惚《こうこつ》とした表情でそう言うと、ここぞとばかりにくんかくんかとお茶の匂いを堪能《たんのう》する。

「あの、時間がないので、早くしてもらいたいのですが……」

「あ、すみません。ついつい……では、まず一番目の粗いざるの上に茶葉を載せてもらえますか？」

采夏がそう指示を出しながら、粗い目のざるを持ち上げた。

ざるの下には大きいお盆が用意されている。

宮女たちが指示に従ってざるの上に茶葉を置いてゆくと、采夏はざるをゆさゆさと揺らし始めた。

「お茶の質は、摘まれた時期で変わってきます。早くに摘まれた茶葉の方が味わい深く、高品質とされるんです。そして早くに摘まれた茶葉であるかどうかの目安は、茶葉の大きさや形」

そう言って、采夏はざるを片手で持ちながら、もう片方の手で茶葉を一枚つまみ取った。

「早めに摘まれた茶葉は、当然ながら若いお茶の葉なので小さいのです。それに摘まれ方が丁寧。つまり、良い茶葉は、少し粗めのざるで下に落ちてゆきます。だから、ざるに残ったこちらの大きめの茶葉が、中級妃様用の少し質の劣る碧螺春」

そう言って、少しざるを持ち上げる。

「なるほど、こうすれば……！」

宮女たちがにわかに喜びで顔を綻《ほころ》ばせる。

最初こそ半信半疑だったが、この方法ならそう時間をかけることなく選別できる。

そしてさらに采夏は、もう一つのもっと目が細かいざるを取り出した。

一度ふるいにかけて下に落ちた茶葉をそのざるに載せる。

すると今度はほとんど粉のようになったものが、お盆に落ちていった。

「ざるから落ちた茶葉は、早めに摘まれた質の良い茶葉と言えますが、中には、遅れて摘んだ大きめの茶葉が何かにぶつかるなどして粉になったものも通してしまうので、念のためこうやってもっと細かいざるで省いて……完璧です！」

そう言って采夏はざるをささっと振るって粉を落としてから掲げた。

あっという間に、品質別の茶葉の選定が終わった。

司食殿のまとめ役の宮女が、それぞれふるい分けられたものを手に取って確認する。

「確かに、きちんと分けられてます！」

その言葉に宮女たちは手を取って喜び合うと、口々に采夏に礼を述べた。

「ありがとうございます！　妃様！　なんとお礼を申し上げたらいいか……！」

「いえいえ。そんな、気にしないでください。あ、このお茶の粉は持って行きますね、はい、それでは」

そう言って采夏は、爽《さわ》やかにその場を去っていった。

さり気なく、ふるいにかけて落ちた茶葉の粉を持ち帰りながら。

司食殿からの帰り道、采夏はほくそ笑んだ。

（やったわ。お茶の粉が手に入った！　茶葉ごと手軽に摂取できるお茶の粉で淹《い》れるお茶は、それしか飲まないと豪語する好事家もいるぐらいの人気の一品。皆さん、私のさりげなさに、このお茶の粉を持ち帰ったことに気付いてなかったわね……！）

ふふふ、と怪しい笑いが口からこぼれる。

誰もが欲しがるお茶の粉をどさくさに紛れて手に入れることができたのだ、笑わずにいられようか。

しかし、采夏は知らない。

宮女たちは、采夏がお茶の粉を持ち帰ったことに気付いているし、気付かないわけがない。

持ち帰ろうとしているのを止めなかったのは、彼女たちはお茶の粉なんて欲しいと思っていないからだ。

采夏の中では人気の一品だとしても、他の人たちにとってはそうではないのである。

むしろ、捨てる予定のお茶の粉を持ち帰っていく采夏の気遣いに感動さえしていた。

「助けてくれた上に自らごみを持ち帰ってくださるなんて……なんてお優しい方なの！」

「本当に、ああいう謙虚な方が、四人妃様ならいいのに」

采夏が華麗に立ち去った後、口々に采夏を褒めたたえる食司殿の宮女たち。

「本当に優しい方だわ。貞花妃《ていかひ》様なんて少しでも粗相があったらどうなるか……秦漱石様の後ろ盾をいいことに好き勝手ばかり」

「こら、何を言うの。そんなことも他に聞かれたら！」

宮女の一人が恐ろしそうに花妃のことを呟《つぶや》くと、年配の宮女が小声でたしなめた。

「すみません……」

「気をつけなさい。ここでは口の軽さが命にかかわるのだから。……さあ、お茶の選別も終わったことだし、他の用意もするわよ！　仕事はたっぷりあるのですからね」

年配の宮女はそう言って両手を叩《たた》いて、宮女たちを仕事に戻した。

そして、ふと笑みを浮かべる。

「だけど、あんな妃様初めてだよ。皇帝の渡りがない鬱屈《うっくつ》としたこの後宮の希望になるかもしれないね……」

宮女は小さく呟き、期待に満ちた目で、最初に采夏が覗いていた格子窓を見たのだった。

——当人の知らぬところで、采夏は後宮の宮女たちに多大なる期待をかけられ始めていた。

第二章　目覚めのお茶は命の水にて

後宮の朝は早く、夜明けとともに妃たちは揃って皇帝の祖先の神霊に祈りを捧《ささ》げなければならない。

だがそれさえ行えば基本は自由。

采夏《さいか》も後宮入りしてそれなりに日が経ち、毎日のしきたりをこなしここでの生活にも慣れてきた。

むしろ快適と言える。

何故か司食殿《ししょくでん》の宮女たちが、たまに余った茶葉をこっそり采夏に融通してくれるようになったからだ。

『頑張ってください！』『応援してます！』などと言われるが、何を励まされているのか全く分からない。

しかしお茶がもらえるので、『頑張りまーす！』などと調子よく答えて茶葉を頂戴《ちょうだい》していた。

諸々《もろもろ》気になるところはあるが、采夏の目下の悩みであったお茶不足問題は少しばかり解消され、空いた時間はだいたい一人でお茶を楽しんでいるのだが……今日は違った。

采夏を含む新しく後宮入りした妃たちは、朝の食事に誘われ、花妃《かひ》が住まう花陵殿《かりょうでん》に集められていた。

誘ったのは、後宮内では皇太后に次ぐ地位である花妃の位を賜った貞《てい》花妃。

貞は豪勢な食事が載った御膳を前にして、しなだれかかるように椅子に座り、下座に控えている十数人の新入り妃たちを見下ろした。

「あーあ、本当につまらないわ。もっとわらわを楽しませられないの?」

貞は侮蔑の視線を隠すことなくそう言った。

突然貞花妃に呼ばれた新入りの妃たちは、供された豪華な食事を前にして喜んだのもつかの間、食事の前に出し物をしろと命じられた。

出し物というと、大体が歌や踊りや楽器の演奏などが主となる。

しかし、この後宮には、芸事を学べるような裕福な家に生まれた者などほとんどいない。

貞の命令に戸惑いながら、妃たちは一人ずつ知っている民謡を歌ったり、適当に踊ったりをしてはいるが、人に見せて楽しませられるような代物ではなかった。

故に、先ほどの貞による『つまらない』発言に至るわけである。

「今回の新入りは本当に使い物になりませんね、貞花妃様」

「ほんとうに。貞花妃様を前にして無礼だと思わないのかしら」

貞の取り巻きの妃たちが、次々に後輩妃たちの無様なさまを罵《ののし》ってゆく。

その罵りの言葉がひどいほど、貞は嬉《うれ》しそうに笑みを浮かべていた。

「わらわのことはいいのよ。でも、こんな無能な子たちが妃だなんて、陛下がおかわいそうだわ」

ちっともそんなことを思ってはいなそうに弾んだ調子で貞は言い、取り巻きの妃たちも、

「おっしゃるとおり！」などと言って次々に賛同していく。

嘲笑《ちょうしょう》を浮かべる貞とそれをほめそやすその取り巻き、そして暗い顔でうなだれる新入り妃たちが一つの広間に集まって、すでに一時間ほどが経過していた。

そんなやり取りの端の方で、真摯《しんし》な顔で、貞から食事と一緒に供された白湯《さゆ》を見つめる妃がいた。

誰もかれもが貞のご機嫌を窺《うかが》う中、別のことに神経を研ぎ澄ませる妃、采夏である。

(朝食に誘われたから、てっきりお茶が出るものかと思ったのに、まさか白湯だなんて!!)

采夏はそう嘆いた。

他の妃たちとも一緒にお茶を飲めたらきっと楽しい時間になるに違いないと思って、采夏は少なからずこの食事会を楽しみにしていたのだ。

お茶はやはり何人かで一緒に飲むのがおいしい。

同じお茶でも、一煎《せん》目のお茶、二煎目のお茶では濃さが違うため味も変わってくる。一緒に飲む人がいれば、その分色々な飲み方ができる。

（せっかくの集まりなのに、お茶がなければ弾む会話も弾まないわ……。周りの皆さんに元気がないように見えるのも、お茶がないからね。気持ちはわかる）

うなだれるたくさんの妃たちを見て、お茶が人生のすべての采夏はそう確信した。

そして横に置いた自分の茶道具一式が入っている小さな箱にそっと手をのせる。

父から譲り受けた、豆彩《とうさい》技法で蔦《つた》紋様が描かれた美しい蓋碗《がいわん》と白塗りの茶杯に茶海。

采夏はいつでも飲めるように、茶道具と司食殿の宮女からもらった茶葉を常に持ち歩いていた。

（私があつあつのお茶を淹《い》れれば、この微妙な空気も一掃！　だけど、この白湯の温かさだと朝のお茶にしては低すぎる……）

あつあつのお湯がなければ、美味《おい》しい朝一番のお茶は飲めない。

采夏は辺りを見渡し、お湯を探し始めた。

※

「ああ、本当につまらない！」

そう言って、苛立《いらだ》ちが頂点に達しつつあった貞は、目の前でつたない踊りを見せる妃に持っていた扇子を投げつけた。

最初は不出来な妃たちの無様なさまを見て楽しんでいたが、飽いたらしい。

「……キャ！」

と、扇子を投げつけられた妃が小さく悲鳴を上げて尻餅《しりもち》をつく。

扇子の当たった額は赤くなっていた。

「このわらわにそんな見苦しいものを見せてこないでちょうだい！」

怯《おび》えた顔の妃を前に貞は激しく責め立てた。

責められた妃はとうとう泣き崩れてしまった。

それを見ながら、新入り妃の一人——玉芳《ぎょくほう》は内心大きくため息をつく。

（やっぱ。めっちゃイライラしてるじゃん。だいたい自分で何か見せなさいって言ってきたくせに、いざ見せたら怒るなんて、理不尽すぎでしょ。はあ、食うものに困らないっていて後宮に入ったけど、これなら一人で旅しながら日銭を稼いで暮らしてた方がマシだったわ）

玉芳は小さい頃に親に捨てられてから、旅の一座の一員として諸国を旅していた。

西方の国の血を受け継ぐ玉芳は、明るい髪色と青みがかった瞳《ひとみ》をもっており、その美しい容姿と二胡《ニコ》の腕前で一座の稼ぎ頭にまで上り詰めていた。

しかし、功安《こうあん》に着いたころに座長が病で倒れて亡くなり、もともと不景気で稼ぎも少なくなってきていたこともあり、一座の者は離散。

残された玉芳は、生活のために後宮に入ろうと選秀女《せんしゅうじょ》の試験を受けて無事に受かったまではよかったが、いざ後宮入りしてみると想像していた生活とは全然違う。

（意地の悪い女の掃きだめって感じ。朝も早く起こされるし……あーあ、今日も頭痛い）

玉芳はそっとこめかみに指を置いた。

朝はいつも、怠《だる》い。

今日もひどい頭痛を感じていた。

「貞花妃様、あそこにおります玉芳妃なら、きっと花妃様のご期待に添えますわ！」

玉芳がこめかみに指を当てて痛みを堪《こら》えていると、貞にどやされていた新入りの妃の一人が、玉芳の方を見てそう言った。

玉芳は思わずぎょっとして目を見開いた。

（ちょ!? 嘘でしょ!?）

内心焦る玉芳のことに気付かぬ様子の妃は、笑顔を貞に向ける。

「私、玉芳妃がそれはもう見事に二胡を弾くところを見ました。本当に素晴らしい演奏でした！」

彼女の声を聞き、玉芳はやってしまったとばかりに目をぎゅっとつぶった。

（あー……確かに見せたけれども！）

玉芳は、確かに二胡が弾ける。

旅芸人として活動する中で身に付けた技能である。

後宮入りして暇な時間が多いため、玉芳はよく二胡を弾いていた。

そうすると他の妃が集まってくることもあったが、気にせずそのまま聞かせていて……

それが裏目に出てしまった。

「へえ、二胡が弾けるの」

貞花妃の吊《つ》り上がり気味の目が、玉芳を捉えた。

「お、お待ちください。私は確かに二胡が弾けますが、今は持ち合わせておりません」

「二胡なら、わらわのを貸してあげるわ」

そう言って貞が顎《あご》をくいっと動かすと、側にいた侍女が立派な装飾を施された二胡を玉芳の目の前に置いた。

（二胡、あるのかぁ……）

玉芳は内心嘆いた。

嘆いたが、彼女の嘆きを知る者はいない。

貞に弾けと言われて弾かないわけにもいかず、玉芳はしぶしぶ二胡を手に取った。

左手で二胡を抱え、右手に弓を持つ。

（せめて今が昼過ぎだったら……。正直に話す？　でも、それで納得してくれるような人にも見えない……）

「何をしているの⁉　早くしなさい！　貞花妃様のご命令よ！」

しばらく待っても弾きださない玉芳に、貞の取り巻きの妃たちから催促が飛ぶ。

（こうなったら弾くしかない……）

覚悟を決め、玉芳は二胡の弦を押さえ、弓を引く。

そして流れる二胡の音色。

しかし……。

「もうおやめ！」

しばらく演奏した後に、貞の怒声が響いた。

眉《まゆ》を吊り上げて、玉芳を見下ろす。

「なんてひどい演奏！　これで素晴らしい演奏ですって⁉」

「も、申し訳ありません」

そう言って玉芳は頭を下げた。

玉芳をきつく睨《にら》みつけた後貞は、唖然《あぜん》とした顔で固まる、先ほど玉芳は二胡が弾けると言った妃を見た。

「お前、わらわに嘘《うそ》を言ったのね⁉」

貞にすごまれた妃は、ヒッと短く悲鳴を上げ、恨みがましい目を玉芳に向ける。

「どうしたの、玉芳!?　この前私に聞かせてくれた時はもっと上手だったじゃない!?」

(そんなこと言ったって！)

と玉芳は何か言い訳をしようとしたが……思わず口を噤《つぐ》んだ。

貞が、その妃のもとに行きその髪を摑《つか》み上げたからだ。

「い、いや、いやーーー！」

妃は頭髪が引っ張られる痛みで悲鳴を上げる。

しかし貞は気にせず髪の毛を引っ張り上げたままその頭をガクガクと揺らした。

さらに痛みで顔を歪《ゆが》めた妃の顔は真っ赤で、その頰には涙が零《こぼ》れ落ちる。

あまりの痛々しさに、他の妃たちが目を背ける一方、貞は顔に相手をいたぶることを楽しむかのような笑みを浮かべていた。

「ま、待ってください！　その子は嘘を言ってません！」

思わず玉芳はそう声を上げていた。

貞はゆっくりと玉芳の方に顔を向ける。

玉芳にはひどく冷たい顔に見えた。

「あら？　なら、先ほどのお前の二胡はなんなの？　お前が、わらわにわざわざ下手な演奏をしたということかしら？」

「そのようなことはございません！　ただ、私は、朝に弱くて、この時間だとどうしても指がもつれてうまく二胡を弾けないんです。もう少し、待っていただければ」

「おだまり！　わらわは！　今！　二胡の音色が聴きたいのよ！」

「ど、どうか、ご容赦くださいませ！」

玉芳は慌てて頭を下げる。

玉芳は確かに二胡の名手だ。だが、朝方は必ずひどい頭痛と怠《だる》さを覚える体質を持っていた。つまり朝に弱いのである。

先ほども、どうにか奏でようとするも指先は思うように動かず、我ながらひどい演奏だった。

（ああ、なんで、あの妃を庇《かば》うようなことを言っちゃったんだろう！　でも、あんなの見ていられないし……）

玉芳にとって長い沈黙が続く。

貞の顔が怖くて見られない。

「ああ、そうだ。いいことを思いついた」

玉芳の頭上から、先ほどとは打って変わって落ち着いた様子の貞の声が降ってきた。

その柔らかな声色に期待をして、玉芳は顔を上げる。

するとそこには、意地悪そうに口角を上げ冷たく見下ろす貞の顔があった。

「二胡も満足に弾けぬその手、不要だわ。そう思わない？」

貞の言葉に、玉芳はゾクッと背筋が凍った。

貞は、怯《おび》えた表情を浮かべた玉芳を満足そうに見つめると、自分の侍女に視線をやった。

「火鉢にある鉄瓶を持ってきて。こいつの手に熱い湯をかける。二度とあんなひどい演奏ができないようにしてあげるの。わらわの慈悲よ」

どこか楽しそうに言う貞に、玉芳の頭は真っ白になった。

「そ、そんな！　それだけはおやめください！」

そう言って、思わず手を引っ込めようとした玉芳だったが、左右から貞の侍女がきて、彼女の手を床に押さえつけた。

そしてもう一人の侍女が、注ぎ口から湯気のあがる鉄瓶を持ってくる。

「い、いや、やめて！　それだけは……！」

玉芳にとって、二胡の腕前は誇りそのもの。

ここまで玉芳が生きてこられたのも、二胡の腕前があってこそ。

何も持たない捨てられた子供が、旅芸人として身を立てるために血のにじむような努力をして手に入れた技能。

玉芳にとって、二胡を弾くこの手は、命にも等しい価値がある。

（ああ、ひどい！　こんなこと、こんなことで……！）

必死に抗《あらが》おうとしても、侍女二人がかりで動きを封じられて身動きが取れない。

そして、もう鉄瓶は目の前にあった。

侍女の手にある鉄瓶が傾くその様が、ひどくゆっくりと見えた。

これから己が失うものを思うと、正気でいられそうにない。

しかし無慈悲にも、時は待ってはくれない。

鉄瓶の注ぎ口から湯がこぼれて——。

思わず、玉芳は目を閉じた。

「まあ、とってもいい温度」

突然朗らかな声が響いた。

緊迫したこの場の雰囲気の中で、妙に浮いたその明るい声に玉芳はそっと顔を上げた。

そこには、茶海——注ぎ口のついた器で、玉芳の手に掛けられるところだった湯を受け止めている妃が立っていた。

(確か、私たちと一緒に後宮入りした妃の……。名前は、采夏、だったかしら……私を守ってくれた、の……?)

なんとかそう理解したが、玉芳も含め他の妃たちも突然の采夏の行動に反応できないでいた。

そんな中、采夏が一人嬉《うれ》しそうに湯を受け止めきった茶海を抱え、

「ありがとうございます。助かりました」

と笑顔で言うものだから、玉芳はさらに戸惑った。

（な、なんでこの人が礼を……!?）

先ほどから采夏のやることなすことが理解の範疇《はんちゅう》を超えている。

誰もが呆然《ぼうぜん》とする中、何事もなかったかのようにウキウキとした様子で自分の席に戻ろうとする采夏に、やっと慌てて声をかけた者がいた。

「お、お前、な、なにをしているの!?」

貞だ。

「すみません、少しお待ちになっていてくださいね。お茶を淹《い》れたくて……」

采夏は、振り返ることなくそう言うと、自分の席まで歩き、そこに置いてあった見事な蔦《つた》紋様が描かれた蓋つきの茶碗《ちゃわん》――蓋碗《がいわん》にお湯を注ぎ入れた。

その行動にもみんながあっけにとられた。

あの貞花妃が呼び止めたのにそれに応じないとは、なんと恐れ知らずなのか、と。

「はあ、良い《い》香。やはり朝一番はあつあつのお茶が格別ですね」

うっとりするように言った采夏は、ようやく後ろを振り返って貞を見た。

「それで、何か私にご用でしょうか？」

朗らかに微笑んで、そう言った。

「な、何か、ご用って……！　お前、わらわを誰だと思っているの!?」

「貞花妃様ですよね。あ！　本日はお招きいただきありがとうございます」

そう言って、采夏はなんともないように最上級妃に対する礼をとる。

その所作はお手本のように美しかったが、貞の怒りは収まらない。

「わらわが誰だか分かっているのによくも……！　死にたいの!!?」

「え、死……？　もちろん死にたくないです。まだまだ私には味わわなければならないお茶がありますから」

「何、意味の分からないことを言ってるの!?　わらわの邪魔をしてただで済むと思っているの……!!」

「邪魔？　私、何か邪魔をしてましたか？」

「わらわはこの嘘つきに、罰を与えるところだったのよ！」

そう言って貞が玉芳を指さしたので、采夏もそちらに視線を向けた。

「嘘つき……？」

「そうよ！　二胡の名手だと言っていたのに、つまらない演奏をわらわに聞かせた罰よ！」

「まあ、そのようなことが……」

そう言って采夏は、不躾《ぶしつけ》にジロジロと玉芳を見た。

采夏は、そうしてしばらく玉芳を見つめた後、笑顔で貞と向かい合った。

「貞花妃様、彼女は本物の二胡の名手です。お茶のお供に二胡を聴くのも大好きで、二胡弾きの名人を幾人か知っていますが、皆様総じて同じ特徴をお持ちでした。左手の指です」

そう言って、采夏は玉芳の指を示した。

「弦を押さえるため、二胡を弾く方は左手の指先に豆ができやすい。この方は、何度も豆をつぶして皮が厚くなっています。たくさん二胡の鍛錬を行っている証《あかし》ですね」

そう言われて、改めて玉芳も自分の指を見た。

弦を押さえる指先だけが厚い。

それもそうだ。玉芳は、言葉の通り『血の滲《にじ》む』ような努力をして二胡が満足行くまで弾けるようになった。

豆ができても弾き続け、豆がつぶれて血が滲んでもなお二胡に触れた。

この指先は、玉芳の努力の賜物《たまもの》だった。

「何を言うかと思えば！　実際に彼女の演奏はひどいものだったのよ!?　二胡の名手なはずがない！」

貞にそう言われて、玉芳はさっと青ざめた。

「……ああ、今は、きっと、そうでしょうね。でも、ちょっと待っててください……これさえあれば」

そう言って、采夏は、先ほど湯を注いだ蓋碗の蓋を少しずらして小さな茶杯に薄黄緑のお茶を注いだ。

青々しく爽やかな匂いが部屋の中に広がる。

(あれは……お茶、よね？　いい香。貞花妃の怒りを鎮めるために淹れたのかしら？)

玉芳はそう推測したが、采夏はお茶が注がれた茶杯を持ってまっすぐ玉芳の方に向かってくる。

(え？　なんで、こっちに!?)

「こちらのお茶をぜひお飲みになって」

「え？　でも……」

「きっとあなたの体がこれを求めています」

采夏の口調は穏やかなのに、何故か有無を言わせぬ力を感じて、玉芳は言われるままに茶杯を手に取った。

(そう言えば、さっきこのお茶の匂いを嗅《か》いでから、めちゃくちゃ喉が渇いてきたような気がする……)

先ほどから采夏の行動には戸惑うばかりだったが、不思議とこのお茶の香を嗅ぐうちに落ち着いてきた。

周りの妃たちの戸惑い、貞の視線、全てが遠くに感じる。
そして、玉芳は、茶杯に口をつけた。
熱い。
舌の上に、熱いものがころがり、玉芳は目を見開いた。
そして熱さの次にきりりとした鋭い苦みが優しく玉芳の舌を撫《な》でる。
それと同時に、体の中から何かが沸き立つのを感じた。
体中の毛穴と言う毛穴が開き、そこから、お茶の風が吹き抜けてゆくようで……。
玉芳は、旅芸人として、初めて舞台に立った時のことを想い出した。
人前に出された時に感じた恐怖、そしてそれを上回る高揚感。
この時のためにずっと血のにじむような練習をしてきた。
何度も何度も納得のいくまで自分の体に二胡の弾き方を教え込んだ。
自分の体をいじめ抜いて身に付けた二胡の技術は、自分を裏切らない。
そう、信じて。
そして体はいつも応《こた》えてくれた。玉芳の努力に。
体中の毛穴が開いて、鳥肌が立つ。
体が目覚めてゆくのを感じた。指先に血が通う。
いつも玉芳を裏切らず支えてくれる、この体が目覚めてゆく。

気づけば、ずっと感じていた重い頭痛も消えていた。

体の怠さもない。

「ちょっと！　さっきからお前は何のつもりなの!?　わらわに逆らうつもり!?」

貞の怒声が聞こえた。

玉芳は再び、二胡を手に取る。

「逆らうつもりなんてありませんよ。ただ貞花妃様が二胡をお聴きになりたいようでしたので、お手伝いしただけです」

采夏の相変わらず動じない穏やかな声。

玉芳は、二胡を抱え、その弦に指先を這《は》わせた。そして弓を引く。

「何を言って……え？」

貞が再び怒鳴ろうとしたところで、澄んだ音色が響いた。

玉芳が奏でる二胡の音だ。

それは清流のように淀《よど》みなく流れ、自由で瑞々《みずみず》しく響く。

その旋律は、見世物小屋でよく扱われる恋愛物語の歌。

貧しい出の女が己の美貌《びぼう》と知恵で権力者を虜《とりこ》にし、どんどん成り上がっていく物語。

大衆向けの物語に使われる音楽であるため下品と揶揄《やゆ》されがちな曲であるにもかかわらず、玉芳が奏でるその音には、どこか気品さえ感じられた。

玉芳が二胡を奏でる間、誰もなにも言えないで聴きほれていた。

あの貞花妃さえも。

そうして玉芳は最後まで演奏し終えると、深々と頭を下げた。

「さすがです。素晴らしい演奏でした。こんな素晴らしい二胡を聴きながら飲むお茶は格別ですね」

采夏がそう言うと、他の妃たちもハッと我に返って口々に玉芳の腕前を褒めたたえた。

その中には、自分の置かれた立場もうっかり忘れた貞の取り巻きたちもいる。

貞も我に返り眉を吊《つ》り上げて何か言おうと口を開くが、何も言えずに数度パクパクさせたのみ。

流石《さすが》の貞もあの演奏を聴いた後でこき下ろす気にはなれなかったのか、悔しそうに唇を引き結んだ後、背中を向ける。

「そ、そんな風に弾けるなら、最初からそうすればよかったのよ！　今日はもう戻るわ！」

そう言って、貞は逃げるようにその場から去っていった。

※

貞花妃が去った後、朝の食事会はすぐにお開きになり、新入りの妃たちは各々《おのおの》自分の部屋へと戻っていった。

もちろん采夏も。

(どうして食事会が解散となったのかしら。せっかくお茶も淹れてこれからでしたのに)

自分の部屋に帰る道すがら、事の成り行きを未《いま》だに全く分かっていない采夏が心の中でそう嘆いていると、後ろからポンと背中を叩《たた》かれた。

「采夏妃、さっきは本当にありがとう！」

そう明るく声をかけて来たのは、玉芳だった。

「あ、二胡の人！　先ほどの二胡の音色は本当に素晴らしかったです」

玉芳の顔を見て采夏は嬉しくなってそう述べた。

采夏は、お茶を飲む時の環境にもこだわるタイプだ。

二胡を聴きながらのお茶は最高なのである。

「ふふ、まあね。それでさ、一つ聞きたいんだけど、あのお茶はなんなの？」

「もしやお茶にご興味が!?」

満面の笑みで詰め寄る采夏に、思わず玉芳は一歩しりぞいた。

しかし、気にせず采夏は口を開く。

「あの茶葉は、碧螺春《へきらしゅん》という銘茶です。しかもあれは春摘みのお茶なんですよ！　春摘みならではの新鮮な香が本当にすばらしいですよね⁉　苦みの中にも新鮮な緑の香や果物のような華やかさが爽やかで、朝の目覚めに最適なんです。お茶の色合いも清々《すがすが》しい緑色が美しかったでしょう？　ですが、なかなかあの色合いを出すのは難しいのですよ。あれは、あの時のお湯の温度が誠に素晴らしかったからで」

「いやいやいやいや、ちょっと待って。お茶なのは分かってる！」

永遠にお茶について語り続ける勢いの采夏を、玉芳が慌てて止めた。

「私が知りたいのは、何であの時、私にお茶を飲ませたのかっていうことで……！」

「え？　それは……まだお目覚めでない様子でしたし、貴女《あなた》がお目覚めになれば素晴らしい二胡の演奏をしてくれると思って」

「いや、目覚めてないって……起きてたけど？　私ちゃんと目、開いてたし」

「目が開いていることと体がきちんと目覚めていることは別です。貴女は顔色も悪く目も重たそうで、眉間《みけん》に力を入れてる様子でした。頭痛がしたり、けだるく感じられていたのでは？」

「確かに、頭痛がひどかったけど……」

「それはまだ体が目覚めてないのです。そういう時にはお茶です。お茶はもともと不老長寿の秘薬として発展したもの。熱いお茶は体の血のめぐりをよくし、お茶の苦みは体中に朝であることを伝えてくれる刺激になる。弦を押さえる指先一つ一つにまでお茶の力が廻《まわ》った感覚があったはずです！　ああ……お茶ってなんて素晴らしいのでしょう！」

と、采夏は自分で語りながら気持ちが高ぶってきた。

「そういえば、私、いつもならこのくらいの時間は毎日頭が痛いんだけど、今は痛くない。これってお茶のおかげってこと……？」

不思議そうにそう呟《つぶや》く玉芳を見て、采夏は微笑んだ。

そのとおりです、という自信にあふれた笑顔である。

「でもさ、あの怒髪天を衝《つ》く勢いで怒ってた貞花妃に対してあのふるまい、アンタ相当肝が据わってるね」

玉芳の言葉に、采夏が不思議そうに首を傾《かし》げた。

「……え？　怒ってる人なんていましたか？」

「……え？　めちゃくちゃ怒ってたでしょ。気づいてなかったの？」

「すみません、いつもだいたいお茶のことで頭がいっぱいで……」

他のことが目に入っていなかった。

(怒ってたかな？　あ、でも邪魔みたいなこと言われたような気もしなくもないような)

あの時のことをどうにか思い出そうとするが、上手《うま》くいかない。

思い出すのは、あの時飲んだお茶の味。

おいしかった。透明感のある清々しい苦み、そして後からくるスッと残る甘み。あつあつのお茶が喉を通り全身に温かな血がめぐってゆく心地は、なんとも言えない。

怒っている人がいたかどうかを考えている最中に、再びお茶のことばかり考える。

玉芳は思わず噴き出した。

「ぷっ、ふふ、アンタ大物ね！　気にいった。私玉芳っていうの、これからもよろしく！」

「え？　あ、はい。よろしくお願いします？」

思い出せないので、何だか納得いかない感じがするが、玉芳のよろしくの言葉とその顔に浮かぶ笑みは晴れやかだ。

（よく分からないけれど、良かったのなら、良かった。私も二胡を聴きながらおいしいお茶を飲めたし良かった）

お茶以外のことに関しては深く物事を考えない采夏は、こちらこそよろしくと返事をしたのだった。

※※※

後宮があり、皇帝や宦官《かんがん》などが生活する場所を、青禁城《せいきんじょう》と呼ぶ。

青禁城は高い塀に囲まれ、その中に八百棟を超える建物があり、そこだけで一つの町として営めるほどの広さだった。

そしてその青禁城の東側にある陵良殿《りょうりょうでん》が、主に皇帝が寝食を行う住処《すみか》である。

「陛下、本日の朝議の件ですが……」

寝台の周りに掛けられた御簾《みす》の向こうから、この世で最も嫌いな男の声が聞こえて、皇帝黒瑛《こくえい》はおもわず眉をひそめた。

側仕えの坦《たん》が用意した衣服に袖を通しながら、黒瑛は口を開く。

「朝議がどうしたって？」

「本日も陛下のお目通りに値するような議題はないようですので、わたくしめが代わりに。陛下はここでいつも通りゆるりとお過ごしください」

そう黒瑛に進言したのは、いつも通り秦漱石《しんそうせき》だ。

御簾越しな上、相手は頭を下げており、どのような顔をしてそう言っているのかは見えない。

だが、黒瑛には、この男が馬鹿にしたような笑みを浮かべていることが手に取るように分かった。

（けっ。毎度毎度、遠回しな言い方をしやがる。俺を朝議に出したくないなら、お前は邪魔だからここにいろってはっきりと言えばいいものを）

黒瑛は心の中で毒づくも、決して口にはできない。

口にすれば、秦漱石はどんな手を使ってでも黒瑛を排除しようとするのは目に見えている。

「……わかった」

黒瑛が己の感情を殺してそう答えると、秦漱石はかしこまって一礼したのちにその場を後にした。

「……ただの宦官ごときが、なんと無礼な！」

秦漱石が去ったあと、側仕えの男、坦が苦虫をかみつぶしたような顔でそう言った。

その顔が、黒瑛の忌々しい気持ちを代弁してくれたかのようで、思わず笑みが浮かぶ。

「今は、しょうがない。……だけどいつまでもあいつの思い通りにはさせないさ。……それで、陸翔《りくしょう》から他に何か便りは届いたか？」

黒瑛がそう尋ねると、坦は大きな体を申し訳なさそうに丸めて首を振る。

「いいえ、残念ながら、先日送られてきた一枚の絵図以外にはなにも……」

「そうか……」

黒瑛は落胆とともに息を吐き出す。

秦漱石打倒のため、黒瑛は以前、陸翔という元高官に協力依頼の文を送っていた。

そしてその陸翔から返事がきたまでは良かったが、返ってきたのは陸翔自身の手によると思われる梅、菊、蘭《らん》の三種の花が一枚に描かれた絵だけ。

芸事に精通し、画家としても評価されている陸翔が描いた水墨画は、繊細で素晴らしいものではあった。

だが、他に文はなく、言伝《ことづて》もない。

協力要請に対する答えとしては、謎に包まれている。

黒瑛は正直、途方に暮れていた。

「これは協力はできないという、遠回しな断りなのか……？」

陸翔は、知を知り、仁を重んじ、礼を心得る優秀で清廉な文官で、兄の士瑛《しえい》と自分の師匠でもあった。

しかし、その清廉さゆえに秦漱石に睨《にら》まれた陸翔は、都から離れた場所に追いやられてしまった。

陸翔と言う優秀な官吏が宮中から離れたことで、秦漱石を筆頭に宦官たちはより力を強め、宮中はさらに乱れる結果となった。

「だが、どうしても陸翔の協力が必要だ」

噛《か》みしめるようにうめく黒瑛を、坦は気づかわし気に見つめた。

現在の朝廷は私腹を肥やすことしか考えない宦官ばかりではあるが、彼らに不満を持つ官吏も少なからずいる。

だがあまりにも秦漱石の力が強く、不満を言おうものなら、良くて左遷、悪くて死刑。

そのため不満を抱きつつも行動に移せないでいる者が多い。

そういった秦漱石の力を前にして動けずにいる者たちをまとめるために、求心力のある能吏が必要だった。

それが陸翔だ。

陸翔の協力を得られなければ、秦漱石を追い落とすことは難しい。

「もう一度、陸翔様に文を送られますか？」

「同じ内容のものを送っても、意味がないだろうな。陸翔が俺への協力を断る理由だけでも分かれば、それを足掛かりにして提案をすることができるかもしれないが……」

しかし、その糸口になるものは、目の前に広げた絵のみ。

(陸翔のことだからきっとこの絵に、何かしら意味を隠しているとは思うが……)

貢ぎ物などで絵を見る機会は少なくないが、詳しいかと言われればそれほどでもない。

正直、この絵が意味することの見当がつかない。

「返事の意味が分からないなんて言ったら、陸翔は俺を見下げ果てて協力を得るなんて夢のまた夢だ。もしかしたら、陸翔は俺を試してるのかもな……」

「っ!!　陸翔様であろうと！　皇帝である陛下を試そうなどとは、なんと無礼な……！」

黒瑛中心の坦は思わず声を荒らげたが、黒瑛は落ち着けと言わんばかりに首を振る。

「そう荒らげるな。秦漱石にいいようにされている俺を疑う気持ちになるのはわからないでもない」

「そのようなことおっしゃらないでください!!　陛下は、志のある立派なお方です！　朝議で無礼を働いた私を助けてくださいました!!」

図体《ずうたい》のでかい男が暑苦しく目をキラキラさせてそう言うのを、黒瑛は苦く笑って制した。

「助けた……と言うほどのことはできてないな。俺はただお前が死なないようにしただけだ」

「いいえ、陛下は命だけでなく、私と兄の礫《れき》に秦漱石を打倒する道まで示してくださいました！」

そう訴える坦の言葉に、彼との出会いが思い出された。

黒瑛に仕える前の坦は、武官として軍に属していた。

誠実でまっすぐな性質の坦は、宦官が専横する今の宮中の状況に満足していなかった。

そしてその素直な性格故に、『秦漱石は国の病の源、今すぐ罷免すべし』と無謀にも朝議にて直訴したのだった。

その頃の黒瑛は、朝議に出てはいたが、秦漱石に逆らえない立場であったのは今と変わらない。

朝廷も秦漱石に牛耳られており、何かを決定する権利は持ち合わせていなかった。

それを知っていてもなお、坦は皇帝に陳情したのだ。命を賭《と》して。

しかし案の定、坦の発言を危険視した秦漱石の命で、その場で捕縛された。

そしてその夜、牢《ろう》に忍び込んだ黒瑛は坦を逃がしたのだ。

それから坦は宦官に扮《ふん》して黒瑛に仕えることになった。

今現在、黒瑛にとって味方と呼べるものは、この坦とその兄の礫だけである。

「まあ、示しただけで、目指す場所にはまだほど遠いがな」

実際、秦漱石の専横政治は続いている。

「そ、そのようなことは……」

「そんな顔するな。別にあきらめたわけじゃない。我ながら面倒事には首を突っ込まない性質だったと思うが、良くも続くものだ」

「陛下のお心のうちは、私がちゃんと分かっております！　投げやりな態度をとっておられるように見えても、心のうちは熱い気持ちで満たされている、それが陛下なのです！」

「いや、熱い気持ちで満たされてって……どこの誰だよ」

そう言って思わず黒瑛は苦笑を浮かべた。

つい先日も、投げやりな気持ちになっていた。

しかし、なんだかんだと投げ出さずに済んでいる。

きっとそれは……。

（あの妃のおかげ、だな）

黒瑛は数日前に出会った妃のことを想い出す。

あのあと彼女の素性について少し調べさせた。

南州《なんしゅう》の茶農家の娘ということだった。

だからあれほど茶に詳しかったのかと納得する部分もあったが、少し腑《ふ》に落ちない点もあった。

彼女の振る舞いや見識には、ただの田舎娘とは思えないものがあった。

特に茶を淹《い》れる際の所作は目を見張るものがあり、少しばかり見惚《みと》れてしまった。

それに、自分に十分な落ち度があったのは承知しているが、宦官に扮した己を皇帝だとすぐに見抜いた観察眼も気になる。

（まあしかし、この後宮に良い家柄の娘が入るわけはないしな。茶好きの、ただの変わった娘、だったんだろうな……）

采夏のことを考えながら、最後に彼女が茶葉を貰《もら》った時に見せた本当に嬉《うれ》しそうな笑顔を思い出して、思わず頰が緩む。

「最近、陛下の顔つきが少し変わりましたね」

坦が呟《つぶや》くようにそう言った。

黒瑛は顔に浮かべた笑みをひっこめた。

「そ、そうか？……変か？」

「いいえ、良い顔つきになられました！　あ、別に普段も凛々《りり》しい顔つきでしたけども！」

「ふ……なんだそれ。でも確かに、最近、ちょっとやさぐれ気味だったからな……。実は前話した変わった妃の……」

そこまで言った黒瑛は、ハッとしたような表情を浮かべて坦を見る。

「そう言えば、陸翔は茶を嗜《たしな》んでいたな。文人の中でも茶好きで有名だった」

風雅を好み、詩文や絵画などを創作する文人たちの多くがお茶を愛好しているが、陸翔はその中でもお茶好きで有名だった。

あまり日頃贅沢《ぜいたく》をしないのに、お茶にだけはお金を惜しまないと聞いたことがある。

それに現在陸翔が、隠遁《いんとん》している場所も有名なお茶の産地だ。

「ええ、確かに、陸翔様は茶好きとして有名ですが……」

坦が不思議そうな顔をして黒瑛を見ると、彼は笑っていた。

「なら……彼女のもとを訪ねてみるか」

そう言った黒瑛の言葉には、どこか楽しそうな響きが含まれていた。

第三章　画に隠された謎をお茶で味わう

後宮生活で采夏《さいか》が一番意外に思ったのは、食事である。

後宮の食事は質素なものだった。

己の懐を肥やすことしか考えていない宦官《かんがん》の専横政治が続き、国の財政はあまりよくない。

宮女などの使用人含めて三千人以上を抱える後宮を維持するのは、なかなか大変なのだろう。その財政の苦しさが、食事にも表れていた。

一応朝と夕の二食もらえるが、粥《かゆ》が一杯に漬物。

そしてそこにおかずが一品つくかつかないか。

もちろん妃でも位がつくような地位になれば、それなりの食事にありつくことができるのだろうが、入りたての下級妃ではこんなものらしい。

だが、采夏はお茶さえあれば幸せなので、それほど気にはならなかったのだが……。

「ご飯があれだけなんて、聞いてない！　後宮に入ればいっぱい贅沢できると思ったのに！」

そう不満げに鼻息を荒らげるのは、采夏と同じ時期に妃として後宮入りした玉芳《ぎょくほう》だ。色白の肌に微《かす》かに青みがかった大きな瞳《ひとみ》が可憐《かれん》な娘で、気性は比較的荒いが、繊細な音色を響かせてくれる二胡《ニコ》の名手である。

「まあまあ。お茶でも飲んで落ち着いて」

そう言って、蓋碗《がいわん》にいれたお茶を玉芳の茶杯に注ぎ入れる。

最近は、庭園の東屋《あずまや》の椅子に腰かけて二人でお茶を飲むのが習慣になっていた。

白い茶杯に注がれた薄緑のお茶から、芳しい緑茶の香が広がる。

玉芳はそれをグビッと一口で飲むと、プハーッと息を吐き出した。

お酒みたいに飲むなぁと采夏はのんびりと思った。

「それにさ、女官ってホント嫌よね。私たち、貴女《あなた》たちと違って才女ですけど何か？　みたいな態度とるじゃん」

「そうかしらね」

そう答えながら采夏は再び茶杯にお茶を注ぐ。

コロコロ変わる玉芳の話しはいつものことだ。

「そうよ、絶対そう。なにより引きこもり帝よ！　本当に引きこもって、全然私たちと会うつもりないみたいだし」

「……そ、そうですね」

一度皇帝に会ったことのある采夏は、なんだか後ろめたい気分になりつつも頷《うなず》いた。

「きっと、皇帝陛下って、不細工なんだわ。だから表に出ないの」

「そっ、そんなことはないのでは!?」

思わず声を荒らげた采夏を、玉芳が不思議そうに見る。

「何？　陛下を庇《かば》ったりして……見たことあるの？」

「あっ、いや、も、もちろんお会いしたことはないですけども！」

もごもごとどうにか采夏は口にする。

皇帝に会ったことは隠さねばならない約束だ。

「ほ、ほら、陛下はお若い方らしいし？　先帝だって顔が整ってたらしいですし……！」

「何よ、そんなに焦らなくてもいいじゃない。本気で陛下に会ったなんて思ってないわよ。だいたい私たちみたいな入りたての妃が皇帝に会う機会なんてないじゃない。会ったことがあるとしたら、貞花妃《ていかひ》ぐらいなんじゃない？　ま、皇帝陛下からのお声がけは一度もないらしいけれどね」

「えっ……花妃の方なのに、お声がけが一度もないのですか？」

采夏は目を丸くして尋ねた。

花妃というのは、皇帝の母である皇太后の次に後宮の実権を握る妃の位を指し、続いて、鳥妃《ちょうひ》、風妃《ふうひ》、月妃《げっひ》と続き、この四妃は妃の中でも別格扱いとされる。

通常、皇帝が寵愛《ちょうあい》する度合いによって妃の位も決まることが多い。逆に言えば、皇帝からの声がけがあるからこそ、花妃などの四大妃の位を貰える。だが、その花妃の貞は皇帝に一度も呼ばれたことがないらしい。

「あの花妃の位も、悪名高いかのお方の力でねじ込んだって噂よ。なにせ、貞花妃は、あのお方の姪《めい》らしいから」

そう玉芳は采夏の耳に手を添えて声を潜ませた。

あのお方、というのは言うまでもなく、秦漱石《しんそうせき》という宦官のことだ。

采夏は、貞のことを想い出す。

目鼻立ちのはっきりした美人でいつも華やかな衣装を身に纏《まと》い、後ろに侍女や他の妃を引き連れて歩く貞花妃。

以前、食事会にも誘ってもらったが、その時もたくさんの侍女を侍《はべ》らせていた。

(まさか貞花妃様が秦漱石の姪だったなんて)

驚きつつも、後宮での振る舞いを見るに、それほどの強い後ろ盾があるからこそできることなのだろうと納得できた。

現在の後宮では、花妃の位が元々高い上に、続く鳥妃、風妃、月妃の位が空席なこともあり、貞花妃の独擅場《どくせんじょう》状態と言える。

「でもさ、皇帝陛下がたとえ不細工じゃなくても、あれの言いなりになっているんだから、性格は下劣で性悪で陰険に違いないわ」

「……それは、きっと、ご事情があるのですよ」

確かに今は引きこもり帝と呼ばれ、秦漱石の好きなようにされている。

けれど、少なくとも以前采夏が会った時の皇帝は、そこまで悪く言われるようには見えなかった。

「こんなところにいたのですか、采夏妃」

采夏と玉芳の会話に、疲れたような声が割って入ってきた。

二人がハッとして声の主に顔を向けると、そこには黄土色の衣……上級宦官服を着た男がいた。

男は、実に面倒そうな顔を隠しもせず采夏の元に近づいてくる。

「まったく、なんでこんなところにいるんですか？　おかげで私の服に泥がついたじゃないですか」

そう言って、男は大げさに袖を払った。

采夏たちがいる東屋は、後宮の庭の中でも奥まったところにある。

だからこそゆっくりお茶を飲むのには静かで気にいっているのだが、道々少し泥がつくこともあるかもしれない。

とはいえ采夏からしたら、宦官の服に泥なんてついてないように見えたが、男にとっては違うらしい。

本来、宦官は妃の使用人の立場であるが、最近では宦官の方が権力を擁することが多くなり、横柄な振る舞いをする者が増えてきた。

「そんなちょっとした汚れも気にする宦官様が、わざわざこんなところまでやってきて、なんのご用なのですか？」

玉芳が呆《あき》れたようにそう言うと、ムッとして男は顔を上げた。

「お前には用はない。私が用があるのは、采夏妃だ」

そう言って、男は螺鈿《らでん》細工の文箱《ふばこ》を采夏に差し出した。

その文箱に龍《りゅう》の紋様が描かれているのを見た玉芳が、思わず目を見開く。

「こ、この御龍印が刻まれた文箱を采夏に!?」

玉芳から素《す》っ頓狂《とんきょう》な声が漏れるが、驚くのも無理はない。

この龍の絵柄の印、御龍印が刻まれているということは、すなわち中の書簡が皇帝陛下からのものであるという意味を表す。

采夏は、恐る恐るその文箱を開けて中の文を取り、それを読む。

『夕食のともに采夏妃を』

簡潔な、後宮では有名な定型文にひやりと汗がでた。

これは『寝所をともにする』ことまで含まれる。

つまり、采夏は、皇帝のお相手に指名されたということだ。

皇帝に呼ばれた妃には様々なものが与えられる。

その一つがまずは自分だけの殿だ。

皇帝からの指名を得た采夏はその日のうちに、部屋を替えられた。

今までの小さい部屋から、鳥陵殿《ちょうりょうでん》と呼ばれる寝殿が采夏の住処《すみか》になった。

そして采夏は宮女たちに寄ってたかって風呂場で磨きに磨かれ、香油を全身に塗りたくられ、髪をこれでもかと言うくらいに梳《す》かれ、今では光り輝かんばかりだ。

そうして体を整えられた采夏は、新しく自分の住まいとなった鳥陵殿で皇帝がくるのを待つ身となった。

しかし采夏の気持ちは正直重い。

(まさか、あの時もらった茶葉を返せって言われるんじゃ……)

あの龍井茶《ロンジンチャ》は大事にちびちびと飲んでいるため、まだ茶葉は残っている。

宦官に化けていたことを秘密にする程度で、あの龍井茶がもらえるなんて虫がよすぎる話しだと采夏自身が思っていた。

でも、もらったものはもう自分のもののはず。

(陛下に返せって言われても、返したくない……!)

龍井茶の芳醇《ほうじゅん》な味わいが脳裏によぎる。

采夏がお茶のことで悶々《もんもん》としている間に、宮女たちが用意した食事が膳に並んでゆく。

鶏肉《とりにく》のつみれと青菜の汁もの。

干し鮑《あわび》の煮込み。

燕《つばめ》の巣のスープ仕立て。

一羽《わ》丸ごと使った蒸し鶏の冷菜。

その他諸々《もろもろ》。とても豪華で、食べきれないほどの品数。

高級料理を前にしているにもかかわらず、食欲は湧かない。

しかし、その時ふと、ひらめいた。

(そうだわ！　今、残りの茶葉を全部使い切ってしまえば……！)

ギリギリのところで名案が浮かんだ采夏は、さっそくとばかりにそばにあった蓋碗に手をかける。

飲食用に白湯《さゆ》は用意されている。

後は碗に隠し持っている茶葉を入れて白湯を注げば……というところで皇帝到着の知らせが届いた。

(ま、間に合わなかった……！)

意気消沈の采夏は、皇帝を出迎えるために深々と頭を下げた。

「采夏妃、か？」

という皇帝の声。その声は間違いなく先日会った宦官《かんがん》に扮《ふん》していた皇帝の声だ。

「はい、采夏で、ございます……」

そう言って、采夏がゆっくりと顔を上げると、皇帝——黒瑛《こくえい》の黒い瞳と目が合った。

凛々《りり》しく整った柳眉《りゅうび》と筋の通った鼻梁《びりょう》。

後ろで結んだ長い髪には艶《つや》がある。

肌は女性のように白くはあったが、背が高くがっしりとした体型故か十分な雄々しさを感じた。

（……前は顔を隠していたから、分からなかったけれど、随分と整った顔立ちだったのですね）

玉芳が皇帝は不細工だと言った時咄嗟《とっさ》に庇《かば》ったが、自分が言ったことは間違いなかったのだなと思い返す。

しかしすぐにお茶のことを思い出して、采夏は小さくため息をつきながら視線を下に向けた。

元気が出ない。

龍井茶が奪われるかもしれないと思うだけで、気が滅入《めい》る。

そうして憂鬱《ゆううつ》な采夏と皇帝黒瑛、二人での食事が始まる。

黒瑛は、料理の説明をしたり、天気の話しをしたりしていたが、采夏はどこか上の空。

脳内では、今にもお茶の話しをされるのではないかと気が気でなかった。

「なんか、前会った時と雰囲気が違うな。どうかしたか……？」

目の前で手を振られてハッと顔を上げると、心配そうな顔をした皇帝が采夏を見ていた。

(凛々《りり》し気な顔だけど、よくみると優しそうな瞳《ひとみ》……)

黒瑛の吸い込まれそうな黒い瞳に、采夏は希望を見出《みいだ》した。

(もしかして、別に、お茶を取り返しにきたわけではないのでは……？　意地悪くも私から茶葉を取り返そうとしている人の顔ではないわ)

希望に縋《すが》りつきたい采夏はそう考えて、そしてまた首をひねる。

(でも、そうだとしたら、わざわざ私を呼んだ理由は何かしら……)

普通に考えれば、妃である采夏を呼ぶ理由といえば一つしかないのだが、妃である自覚がまったくない采夏にはからきし見当もつかない。

「あの、陛下……今日は、どうしてこちらに？　私の、大事なものを奪いに来られたわけではないのですか？」

悩んでいても仕方ないと、采夏は直接尋ねることにした。

「ん？　大事な、もの……？」

呆《ほう》けたように黒瑛は言葉を繰り返した。

未《いま》だ茶葉を取られるかもしれないという不安がぬぐえず、采夏の瞳は潤んでいる。

そんな潤んだ瞳で、小首をかしげながら縋るように見てくる采夏に、黒瑛はみるみる顔を赤らめ、ついにたまらず采夏から顔を背けた。

「いや、待て。違う。別にそういうつもりで来たんじゃない！」

慌てて黒瑛は否定した。

「そうなのですか⁉」

「ああ、まあ、その、立場上そういうことをしなくちゃならないのは分かっているが、諸事情で、俺は、妃に手を付けるつもりはなくてだな……いや別に采夏妃が悪いとかではないし、むしろ好みではあるが……」

と、しどろもどろに黒瑛が何事かを口にすると采夏の顔が輝いた。

（良く分からないけど、とりあえず茶葉は、取られないで済むってことよね⁉）

「すみません、私、色々勘違いしていたみたいです」

「いや、いいんだ。……むしろ誤解させて悪いな」

「いいんです、いいんです。では、本日はどのようなご用向きで？」

茶葉を失う可能性がなくなってホッとした采夏は、皇帝を前にしているというのに口も軽快だ。

しかし皇帝はその気安い話し方を咎《とが》めることもなく、笑顔で応じた。

「実は相談事があってきた」

「相談ですか？　どうぞどうぞ」

「采夏妃の茶の」

「それはあんまりです……!!」

希望を見出した瞬間に、お茶の話しをしだす皇帝に采夏は声を荒らげた。

「陛下、ひどい人！　私をもてあそんだのですか!?」

「もてっ……ええ!?　まだもてあそんではないだろ!?　いや、もてあそぶ気もないがな!?」

「だって、違うって言ったのに、お茶の話しをしだしたではありませんか！」

「いや、だが、そのために呼んだわけだが」

「やはりそうだったんですね！　ひどい……！　私は、絶対に返しませんから！」

「か、返す……!?　いや、待て待て、返さないって何をだ!?　何か誤解してないか……!?」

「誤解も何も、陛下は、私に一度くださった龍井茶を取り返しに来られたのですよね!?」

「違うが!?」

「ほら！　やっぱり、そう……え？　違うのですか？」

采夏は目をぱちくりとさせた。

二人は見つめあい、しばらくして黒瑛が疲れたようなため息をこぼす。

「何がどうやって、そんな勘違いをしたんだ……」

「だ、だって、龍井茶ですよ？　私だったら、絶対のぜーーーーったい、人にあげたりできません」

「お前がそれほどあの茶が好きなのは分かった。俺も好きだ。だがな、わざわざ人にあげたものを取り返さずとも、俺は毎朝飲める」

「え？　そんなまさか。だって、あれは滅多に手に入らない、皇帝献上茶に選ばれた銘茶ですよ!?」

「ああ、知ってる。俺が皇帝だからな。俺に献上されてるからな」

「……あ！」

ここで初めて采夏は、思い至った。

そういえば目の前の人こそが皇帝だったと。

ならば、わざわざ私にくれたお茶なんか取り返さなくても、いくらでも他に手に入れようがあるのだ。

「あらやだ私ったら、お茶のことになると頭がこう、いっぱいになってしまって」

采夏は恥ずかしそうに下を向く。

お茶好きの変わり者ではあるが、采夏はこれでも花も恥じらう乙女。

国の最高権力者を前に粗相をしたとなると、恥じらいもする。

（勘違いしてしまって恥ずかしい上に、陛下にちょっと無礼な口を利いた気がする……！）

正直ちょっとどころの無礼ではなかったが、幸いなことにこの場には二人しかいない。当の皇帝本人は、采夏の勘違いに驚きはしたものの特に悪感情は抱かなかったようで、口元には笑みを浮かべた。

「なんか、思ったよりも、お前は、かわ……抜けてるところもあるんだな」

何か別のことを言おうとしたところを途中で言い直し、皇帝はそう返した。

「すみません。お茶のことになるとどうしても……」

「いや、いい。そんな茶好きな采夏妃だから頼みたいことがあってきたんだ」

そう言って黒瑛は、懐から三つ折りにされた紙を取り出した。

「これを見てもらいたい」

黒瑛が取り出した紙を開くと、そこには蘭《らん》、菊、梅の三種の植物が繊細に描かれていた。左下に丸い花弁の愛らしい蘭の花、その上に梅の花枝が伸び、中央やや右下に菊の花が咲いている。

「これは、水墨画ですか……？」

「ああ、俺の知人が描いてよこしてきた。その知人は茶が好きなことで有名なんだが、彼に茶を贈るとしたらなにがいいかと相談をしたかったんだ」

「まあ、お茶の贈り物。それは素晴らしいですね！……それでは、その絵を近くで見せていただいてもいいですか？」

「ああ、頼む」

采夏は絵を手元に引き寄せるとまじまじと見つめた。そして小さく頷《うなず》く。

「なるほど……素晴らしい出来栄えですね」

「絵の心得もあるのか？」

「少しばかり。素晴らしい絵画を見ながらお茶を飲むというのも良《い》いものですよ。その場の景色や雰囲気で、不思議なことにお茶も味を変えることがあります。最高の一杯を飲むために、絵師にお茶に合う景色を描いてもらうこともありました」

「本当に、全て茶が中心なんだな……」

「ええ、だって、お茶にはそれだけの魅力がありますから！　それにしても、この絵……なんだか変な感じがしますね」

「変……？」

「ええ、絵としての出来は本当に素晴らしいのですが、なんというか、上手《うま》く言葉にはできないのですが、どうも、むずむずするというか、何かが足りないというか、構図のせいでしょうか……」

「確かにこの絵の構図、右上が妙に空いている気がするな」

黒瑛もそう言ってしげしげと水墨画を眺めた。

描かれている三種の花は左側と下にばかり固まっている。

「……とあるお茶が飲みたいです。そのお茶を陛下が用意してくださることは可能ですか？」

絵を見ていた采夏はぽつりとそう言った。

「茶を？　ああ、それは、別に構わないが」

「ありがとうございます。この絵を見ていたら、とあるお茶がどうしても飲みたくなって……陽羨茶《ようせんちゃ》というのですが」

と答えながら、采夏は少しも待っていられないとばかりに自分の茶道具に手をかけた。

※

陽羨茶なるものを宦官に持ってこさせた後、せっせとお茶の準備を始めた采夏を、黒瑛は右手の甲に顔を預けて眺めていた。

（それにしても、この采夏と言う娘、本当に変わってる）

采夏がお茶の用意をし始めたところで、明らかに顔つきが変わった。

それまではどこかのほほんとしていて小動物のような愛らしさがあったが、こうやって背筋をまっすぐ伸ばし、綺麗《きれい》な所作で茶を淹《い》れる彼女を見ると全く別の印象を受ける。

一国の公主であると説明されれば思わず納得してしまいそうな気品すら感じられる。

（茶が絡むと別人のような雰囲気になる、というか……普通に綺麗だよな）

先日庭園で会った時も美しい娘だと思ってはいた。

しかし今日、改めて装いを整えられた彼女を見て、先日の娘と同じ人物だとはすぐにはわからないほどに垢《あか》ぬけた。

あまりにも美しくて、一瞬目を奪われたぐらいだ。

もともと秦漱石が集めた後宮の女たちには興味がなく、むしろ嫌悪感すら抱いていたというのに。

「陛下、お茶ができました」

采夏の声にハッとして黒瑛は視線を上げた。

気づけば目の前に茶杯が掲げられている。

「ああ、ありがとう」

そう言って茶杯を受け取った。

お茶の色は、すこし濁った薄い黄緑色。

湯気とともに立ち上るお茶の香気が黒瑛の鼻孔をくすぐる。

いつものお茶の香の他に、何か別の清廉とした香を感じた。

「これが、この絵を見て飲みたくなったという茶か？」

「はい。私も良く分からないのですが、この絵を見ていたらこのお茶が飲みたくなって。

まずは飲みましょうか」

先に毒味も兼ねて采夏がお茶を口にする。

続けて黒瑛もお茶を飲んだ。

「うまい。香もそうだが、独特の風味がするな。これは……？」

「それは、竹の香です。この陽羨茶は、竹林の風情があるのが特徴のお茶なのです」

「ああ、言われてみれば、確かに……」

そう言って、二杯目のお茶を口にする。

目をつむるとよりお茶の爽やかな香気を深く感じる。

まるで、本当に竹林にいるようだ……。

そう感じた時、黒瑛の心象に竹林が現れた。

風がそよぐと竹のすっとした清涼な空気が辺りに広がり、胸いっぱいに息を吸い込むと体全体が清らかになるような心地だ。

ふと前を向くと、知り合いの背中が見える。

地味な鶯色《うぐいすいろ》の衣を着たひょろりと背の高い男。

その男が悲し気な声で「私のせいで、あの方が……」と嘆いていた。

この声も聞いたことがある。

ああ、そうだ彼は……。

「その声は、我が友、陸翔《りくしょう》ではないか？」

黒瑛がそう問いかけると、男は振り向いた。

神経質そうな細い眉《まゆ》、西方から取り寄せたという片側だけの眼鏡。

まだ三十と少しの年齢のはずだが、夜な夜な読書に耽《ふけ》って睡眠時間がほとんどないという習慣のためか肌艶《はだつや》は良くなく、目の下には隈《くま》がある。

まちがいない、彼は陸翔だ。

陸翔は、黒瑛の幼いころの家庭教師だった。

いや、正確には黒瑛の兄である士瑛《しえい》の家庭教師だった。

黒瑛は、兄のついでに少し教わったに過ぎないが、ほとんど教育を受けてこなかった黒瑛にとって先生と呼べる人は、陸翔以外にはいなかった。

兄も黒瑛も、陸翔に志を教わった。

陸翔は、弱弱しい見た目と違い竹のようにまっすぐな性格で、道理と正義を重んじていた。

だからこそ、秦漱石の圧力で追いやられた。

懐かしい陸翔の顔に過去のことが蘇《よみがえ》る。

そして振り返った陸翔は口を開いた。

「いえ、友達のつもりはありませんが？」

つれなく言われた。

言われてみれば友と呼べるほどの親しい間柄ではなかった。

言うとしたら師弟関係だろう。

心象に広がった竹林は霧散した。

目を開けると、黒瑛を見る采夏と目があった。

やけに采夏は笑顔だ。

「あ、陛下、お目覚めになりました?」

「あ? ああ、寝てた、のか?……なんだか、変な幻を見たような」

「やはり! 陛下が少しぼーっとされたのでもしかしてと思いましたが、それは茶酔です! 良いお茶は、酒のように酔うことができるのですよ! でも、そう誰でも茶酔を味わえるわけではありません。陛下は茶飲みの才能があります! 飲み方も、なんだか色っぽいといいますか、優雅ですし……!」

采夏は興奮した面持ちでそう言う。

「茶飲みの才能……」

(それは喜ぶべきことなのか……?)

しばらく微妙な気持ちでいた黒瑛だったが、三杯目のお茶を喉に流し込む。

今度は特に幻は見られなかったが、お茶の清廉とした風味は、竹林にいるかのようなすがすがしさを感じた。

「……良い茶だな」

「はい、そうですね」

黒瑛の感想に采夏が嬉《うれ》しそうに頷いた。

(しかし、確かにおいしい茶ではあるが、采夏はどうしてこの茶を飲もうとしたのか……。竹の茶。……竹？)

ハッとして黒瑛は、再び陸翔からもらった水墨画に目を向けた。

梅、蘭《らん》、菊と順番に見た後、最後に妙に空いているように見える右上に視線を移す。

「そうか、この絵は、四君子を題材にしたものか」

黒瑛は、そう呟《つぶや》いた。

「なるほど。四君子、だとするとこの絵には、竹が足りないですね。だから陽羨茶を飲みたくなったのかもしれません」

采夏が納得したとばかりにうんうんと頷いた。

四君子というのは、文人たちが好んで描く画題の一つで、蘭、竹、菊、梅を題材に描くことを言う。

それぞれの植物の特性から、文人や君子の在り方を説くもので、一つ一つに意味がある。

例えば、竹というものは、青々と曲がらずまっすぐに伸び行く特性から、真面目で清廉な性質を意味する。

　絵に描かれているはずの竹がないというのは、つまり……。

（なるほど、陸翔はこの宮中には竹のような清廉さがないって言いたかったわけか……？

つまり、そんなところには戻りたくないという意味か……）

　やはり断り文句だったのだと、黒瑛の顔は曇った。

　そして実際、宮中は濁りに濁っている。

「こちらの絵を描かれた方はどのような方なのですか？」

「そうだな……見た目は頼りなさそうなんだが、竹のようにまっすぐな男だな」

「竹のようにまっすぐな方……。だからでしょうか、この絵を見るとなんだか少し物悲しい印象を受けます。まるでこの絵に竹が描かれていないことを悲しんでいるような……」

　采夏が絵を見ながらそう言った。

「悲しんでいるような、か……。そうかもしれないな……」

　黒瑛は、小さく一人ごちるように口にした。

　先ほど見えた竹林の幻に浮かぶ陸翔も悲しそうな背中をしていた。

（陸翔はもうこの国を見限っているのかもしれないが、それでもどうにかして彼を引き入れたい。どう説得すれば……）

「この方への贈り物には、この陽羨茶はいかがですか？」

采夏にそう尋ねられて、黒瑛は顔を上げた。

「ああ、そうだな。よい茶だしな……」

と、口では言うものの、陸翔をどう説得すればいいかで頭が一杯だった。

それを知ってか知らずか、どこか上の空な黒瑛に、采夏はにこりと微笑みかける。

「陛下は陽羨茶がどのようにしてこの独特な竹林の香を得ているのか知っておられますか？」

突然そう尋ねられて黒瑛は首を傾《かし》げた。

「茶葉の中に竹の葉を混ぜているんじゃないのか？」

「いいえ、陽羨茶も他の緑茶と同じく茶木の芽や葉で作られます。混ぜ物もありません。作り方も摘んだらすぐに火入れをする緑茶と同じものです。ただ陽羨茶の茶木の畑は、周りを竹林で囲まれています。そうすると、お茶の葉に竹の香が移り、それはお茶にした後でも消えず微《かす》かに残るのです」

「茶の葉に、竹の香が移る？」

「はい。竹は寒中においても青々しく空高く伸び行く力強い植物です。その香は清廉。そしてその清廉さを他の木、お茶の木にも帯びさせることができるのです。陛下のおっしゃることの方が、まことに竹のような方ならば、きっと、その力強さで周りの者に清廉な香を帯びさせることもできる方なのでしょう。この、陽羨茶のように」

にっこりと優しい笑みを浮かべる采夏の言葉に、黒瑛はハッとした。

（陸翔にこの濁り切った宮中に自分の居場所がないことを嘆く気持ちがあるからこそ、清廉さを取り戻すために手を取り合うことができる。それに、本当に国を見限っていたとしたら、返事もよこさないはずだ。つまり、陸翔に必要なのは、後一押しだ）

陸翔に返す言葉が見つかった黒瑛は、立ち上がった。

「悪い、采夏、部屋に戻る。さっそくこの絵の送り主に返事をしたいんだ。また後日礼をさせてくれ」

そう言って、采夏の返事を待たず黒瑛はその場を後にした。

——そしてその夜、黒瑛は筆をとった。

周りに竹がないと嘆くのならば、竹の葉が茶木の葉にその香を移すかのように、他の木に竹の香をのせればいい。

そのためには貴方《あなた》のような竹が必要なのだ、この国に竹の清廉さを吹き込むために。

そう綴《つづ》り、黒瑛は陸翔に手紙を送る。

そこには、もちろん、陽羨茶を添えて。

※※※

采夏と黒瑛が陽羨茶を飲んでいた頃、花陵殿《かりょうでん》には、怒りに顔を歪《ゆが》ませ髪を振り乱す妃と、最高位の宦官《かんがん》服である藍色《あいいろ》の衣を着た男がいた。

「どういうことなの、伯父様《おじ》！　陛下が、入ったばかりの下級の妃を呼ぶなんて！」

泣き叫ぶようにそう言ったのは、花陵殿の主《あるじ》、貞花妃だった。

怒りのために泣いた目は腫《は》れ上がり、いつもきれいに整えている髪に至ってはぼさぼさに乱れている。

そして、側にいた恰幅《かっぷく》の良い宦官は、その脂ぎった顔を歪《ゆが》めて迷惑そうにため息をついた。

貞の伯父であり、現在宮中でもっとも権力を持つ秦漱石その人だ。

(後宮に私の親戚筋を入れるのも良いかと思って、姪《めい》を入れてみたが、なんとも我儘《わがまま》で面倒な娘だ。しかも、あの引きこもり帝の気を引くこともできないとは使えない)

内心で毒づきつつも、あまり貞を刺激しないようにどうにか笑みを顔に貼り付けた。

「そう声を荒らげるでない。そなたは花妃なのだ。その地位が失われることはない」

秦漱石の言葉を受けて、貞は縋《すが》るように泣きついた。

上目遣いで秦漱石を見遣《みや》る。

「ねえ、伯父様、どうして陛下はわらわを呼んでくださらないの!?　ちゃんと伯父様から言ってくださっているのでしょう？　伯父様のお力なら、陛下はわらわを呼んでくださるはずよ！」

「言ってはいるが、あまり後宮に興味がないご様子でな。故に今回のこと……下級妃の元に通ったことにはわしも突然で驚いた。が、あの陛下が、後宮に興味を持ったことは歓迎すべきことだ。そのうちにそなたも呼ぶだろうよ」

「そのうちにだなんて、そんな悠長なこと言ってられないわ！　わらわは四大妃の花妃なのに、どうして別の妃なんて呼ぶの!?　こんな屈辱初めてよ！　あの女、どうやって陛下に取り入ったの!?」

怒りに顔を赤らめてそう嘆く。

力を入れすぎて、唇にうっすらと血が浮かぶ。

「最近陛下は茶に凝っている。呼ばれた妃は、茶農家の娘だとか。それで興味が湧いたのだろうよ。なあにすぐに飽きる」

「茶農家……？　ああ、そういえば、あの時、勝手にお茶を飲んだりしていたわね……。生意気にも自前の蓋碗《がいわん》なんて用意して」

先日の朝の食事会のことを想い出して、貞は苦々しく口にした。

「ただの田舎娘だ。陛下もすぐに飽いてそなたの元に参ろうというもの」

「そう、そうよね。……でも、きっと、他の妃や宮女のやつら、一度も渡りのないわらわが花妃であることを馬鹿にしてくるにちがいないわ」

「馬鹿にする者がいれば罰すればいい。そなたにはわしがついているのだ」

「伯父様……！　そうよね！　わらわには伯父様がついているのだもの……」

「だが、分かってると思うが陛下に呼ばれた采夏妃には手を出すなよ」

秦漱石のその言葉に貞はまなじりをつりあげた。

「どうしてよ!?　その女が一番邪魔なのに！」

「陛下には早く御子を作ってもらわねばならない。せっかく興味をもったのだ。その妃には子を産んでもらわねばな」

（今の皇帝がダメになった時のために、すげかえる傀儡《かいらい》は多い方がいい。とくに幼いうちに帝位に就かせるのがより望ましい。私の思い通りにできる）

秦漱石の思惑を知らぬ貞は不満そうに鼻を鳴らした。

「わらわが産めばよいでしょう!?　わらわが、国母になるの。伯父様だってそれをお望みのはず！」

「わかっておる。先ほどから言っておるだろう？　陛下もその内そなたの元に参るだろうと。焦るでない。それにその妃も皇子さえ産めば好きにしていい、殺したっていいのだから」

なだめるようにそう言うが、秦漱石の心中は冷えきっていた。

（愚かな娘だとは思っていたが、ここまで聞きわけがないとは……。だいたい誰のおかげ

で、ここまでの贅沢《ぜいたく》ができると思っている）

　秦漱石は、もともと平民で、貧乏な家の出だ。毎日飲んだくれては盗みを犯して日々を凌《しの》いでいた。

　しかし、とうとう捕縛され罪人となり、宦官に落とされた。

　その際、他の親戚どもは厄介者がやっといなくなったと喜んでさえいた風であったのに、秦漱石が三代前の皇帝に取り入り権力を手に入れると、何食わぬ顔ですり寄ってくるようになった。

　貞はその中の一人である弟の娘だ。

　なかなかの器量良しでもあったので、何かに使えるかもしれないと思って後宮に入れてみたが、それだけ。

　親族の情などは全く持っていなかった。

「焦ってなんていないわ！　陛下も陛下よ、あんな泥臭い娘が良いなんて、趣味の悪いこと。わらわがあんな田舎臭い女の下だと言いたいの⁉　許せない、許せないわ！　他の女に目を向けるというのなら……」

　貞はそう言って、何事かぶつぶつと呟《つぶや》き、自分の爪をガリガリと噛《か》み始めた。

　仕える侍女たちが毎日念入りに手入れをしていた爪はすでにボロボロだ。

（短気を起こさねばいいが……。まあ、この愚かな女がなにかしたところで、わしの優位

は変わらない。あの馬鹿な出涸《でが》らし皇帝が玉座にいる間はな)

秦漱石は、蔑《さげす》むように目を細めて貞を見下ろした。

第四章　飲んでもらいたいお茶がある

何か、変な臭いがする。

そう思って目覚めた采夏《さいか》が顔を床に向けると、血の涙を流すつぶらな瞳《ひとみ》と目があった。

これは……。

「豚の頭……」

異臭の元はどうやらこれらしい。

左側に傾《かし》いだ状態の豚の頭部が、床に転がっている。

周りに血が広がっていて、げんなりした気持ちで右側の丸窓を見た。

仕切りとして貼られていた薄い紙が破れ、枠に赤い血がついている。

おそらくあの窓から投げ入れられたのだろう。

「入るわよ、采夏」

蹴破《けやぶ》るようにして扉を開け、両手に食事の御膳《ごぜん》をひとつずつ持った玉芳《ぎょくほう》が入ってきた。

豚の臭気が少し和らぐ。

「玉芳妃は、足で扉を開けるなんて、器用ですね」

「変なところで感心しないでよ。はい、今日の朝餉《あさげ》って、なにこれ!? 豚!?」

「目が覚めたら、床に落ちてて……」

「は〜あ、あいつの仕業ね？　本当にやることなすこと陰険っていうか……とりあえずこれの片づけはまたあとで、この部屋臭いから別の部屋で食事しましょ」

玉芳はそう言うと、食事を載せた膳を一つ采夏に渡してから、部屋を出ていく。

采夏も、豚の頭に触れないようにして後を追った。

現在、采夏が住んでいる鳥陵殿《ちょうりょうでん》には部屋がいくつもある。

どれも宝の持ち腐れで采夏はあまり活用しておらず、どの部屋がどんな状況なのかも把握していないが。ここに頻繁に来てくれる玉芳の方が詳しいぐらいだった。

玉芳は日差しの入る南側の部屋で食事をすると決めたようで、そこにいったん腰を落ち着ける。

「お茶が、おいしい」

早速朝のお茶を飲み、ほうと満足げなため息をついて采夏は言った。以前皇帝が采夏を呼んだことで、その時用意された茶葉の残りが全て采夏のものになった。今は飲むお茶に不自由がなく快適な生活と言える。

そんな暢気《のんき》な采夏を見て玉芳が呆《あき》れた顔をした。

「確かにおいしいけど、血だらけの豚の頭なんて、ホントに悪趣味。なんか嫌がらせがどんどん陰険になってきてるじゃん」

実は、このように何か嫌がらせをされるのは初めてではない。

鳥陵殿の門や玄関の前辺りに、やはり異臭のするものを置かれたことがある。

とはいえ部屋の中にまで入れられたのは初めてだったが。

「そうですねぇ。困りました」

「あんまり困ってるようには見えないけど。アンタってほんと、いい度胸してると言うかなんと言うか……」

そう言いながら玉芳もお茶を飲み、朝餉に箸をつける。

「玉芳妃、いつもありがとう」

采夏はふと思い至ってそう言った。

食事のこともそうだが、采夏には本来ならいるはずの侍女もおらず、一人きりでは生きていたかすら怪しい。

「ま、まあ、アンタには前、助けてもらったし？　アンタがくれたお茶のおかげで体の調子もいいし？　今日も別に、一緒にお茶を飲みたいから来ただけだし……べ、別に全部が全部アンタのためなんかじゃないんだからね！」

少し気恥ずかしそうに玉芳は、早口でまくしたてる。

なかなか素直になれない性分のようだ。

「それでも、ありがとう」

「いいから食べるわよ！　あの豚の頭も片さないといけないんだから！」

玉芳にそう言われて、采夏は頷《うなず》いて食事の続きをすることにした。


「はーー、本当にひどい臭いだった。これ明日もやられたら、私死ぬかも」

口元に布を当てて幾分青ざめた顔をした玉芳が言った。

采夏の寝室を片付け、豚の頭を捨てに行った帰りだ。

木桶《きおけ》に豚の頭を入れて布を上にかぶせてみたが、漂う腐臭のような生臭い臭いは抑えきれず、歩くたびに異臭が鼻についた。

「貞花妃《ていかひ》のやることがどんどんひどくなってる気がするんだよね。皇太后様に、助けを求めたほうがいいかも……」

「そうですね。花妃様にご忠告できる方といえば、皇太后様ぐらいですし……」

皇太后、つまり皇帝黒瑛《こくえい》の実母である。

この後宮では、本来、最も力のある女性だ。

それはもちろん、花妃である貞よりも序列的には上なのだが……。

「でも、やっぱ無理かなぁ。なんと言っても、貞花妃は、秦漱石《しんそうせき》の親類。実際、皇太后様は貞花妃が好き勝手しても咎《とが》めたことがないらしいし」

玉芳が口をとがらせてそう言った。

貞には、秦漱石の後ろ盾がある。

現在の王朝が、秦漱石によって支配されていると言っても過言ではない今、皇太后の力でも貞花妃を抑えることは難しいと言えた。

「まあ、もうしばらく様子を見てみます。私はまだそれほど気にしていないので」

采夏はそう言って、少しだけ歩みを速めたところで派手な集団に行き当たった。

「あら、やだわ。なんだかひどい臭いがする」

つんと鼻にかかったような女の声。

まるで采夏たちを通せんぼするようにして立ちはだかった女がそう言った。

いつものように派手な化粧をし、たくさんの妃たちを連れて歩く貞花妃である。

「貞花妃様にご挨拶《あいさつ》を」

采夏と玉芳は、胸の前で両手を組んで頭を下げた。

上位の妃に対する挨拶の作法だ。

「どぶみたいな臭いがすると思ったら、まさか采夏妃だったなんて。あまりにも臭いから、肥溜《こえだ》めが服を着て歩いているのかと思ったわ」

馬鹿にするように貞が言うと、周りの取り巻きたちが嘲笑を浮かべた。

「だ、誰のせいだと思ってるのよ……」

と、頭を下げながら声を押し殺して毒づく玉芳のつぶやきが采夏の耳に聞こえた。

采夏は、今にも食って掛かりそうな玉芳に視線を向けて小さく首を振る。

あまり騒ぎ立てるのは得策ではない。

お茶のことが関わっていなければ、采夏は意外と空気を読む。

(何事もなく、このまま素通りしてもらうのが一番だけど……)

と采夏は願ったが、それは叶《かな》わなかった。

頭を下げる采夏のすぐ目の前で、貞は勝ち誇った笑みを浮かべて彼女を見下す。

「それにしても、本当に貧相な女ね。これのどこがいいのかしら。陛下も趣味が悪いわ。まず、礼儀がなっていないじゃない」

貞はそう言うと、手に持っていた団扇《うちわ》でカツンと采夏の頭を叩《たた》く。

「頭が高いわ。もっと頭を下げなさい。ほら、地面に手をついて這《は》いつくばって。田舎娘の貴女《あなた》なのだもの、地面に頭をつけるなんて慣れているのでしょう?」

そう言って、団扇でポンポンと采夏の頭を叩く。

(地面に頭を……? それってつまり背中を丸めて四つ這い状態になって頭を下げる、一等拝礼のことかしら?)

采夏がそう考えを巡らせたとき、我慢の限界とばかりに玉芳が前に出た。

「床に頭をつける一等拝礼は、皇族の方へのご挨拶のはずよ！　花妃の貴女に、する必要なんてないでしょう⁉」

「お前は、確かこの前の二胡《ニコ》の女ね。へえ、この女を庇《かば》い立てて、わらわに歯向かうの？」

貞の視線は完全に、玉芳に向いている。

ものすごい形相で睨《にら》みつけていた。

「玉芳妃、落ち着いて。別に私はどうってことないもの」

「いいえ、落ち着けるものですか！　采夏妃は、陛下に呼ばれ鳥陵殿もたまわってるのよ⁉　それなのに、こんな……官女にも劣る扱い、おかしい！」

「大丈夫、私本当にそんなに気にしてないし……」

采夏は玉芳の言葉に少々びっくりしながらもそうなだめる。

「いいえ、言わせて采夏！　アンタは強がってるけど、こんな扱い受けて辛《つら》い思いをしてるの知ってるんだから！」

「え、でも……」

(本当に、私、気にしてないのだけど……？　だって、頭を下げたって別にお茶が減るわけではないし)

采夏の物事の基準はほとんどお茶だ。

頭を下げたって、別に好きなお茶が飲めなくなるわけでもない。

それはつまり、別に采夏にとって大したことではないのだ。

しかし、傍《はた》から見たら、そうではないらしい。

(どうしよう……。とりあえず、さっさと頭を下げればどうにか収まるかしら)

そう考えた采夏は貞の方を見た。

「貞花妃様、失礼をいたしました。先ほどの非礼も含め、一等拝礼にてお詫《わ》びいたします」

「采夏!」

と玉芳の声が聞こえるが、貞はしおらしい采夏の態度に気分をよくしたようで、笑みを浮かべた。

「良く分かっているわね、さすがはお茶とかいう葉っぱなんかのために、地面に這いつくばる底辺な人間だわ。どうせ地面に頭をくっつけるのだって慣れているのでしょう? 茶師なんて、ただの木にへつらう生き方しかできない人間がなるものなんだから」

勝利に酔いしれるように、笑みを浮かべて貞はそう言った。

そしてその時、今にも頭を下げようとしていた采夏の動きがピタリと止まる。

「茶師が、下賤……?」

冷え切った声が響いた。

声の主は采夏。普段温厚な彼女からのものとは思えないほど、低く剣呑《けんのん》な声。

「取り消してください。先ほどの言葉を」

そう言って、采夏が顔を上げる。

そこには、静かに怒りを込めた瞳があった。

采夏は穏やかな娘だ。

どこか悪意には鈍感で、大体のことには寛容だ。

だけど、お茶に関わることについては、まったく穏やかではいられない。

「ひっ」

目が合った貞は思わず短く悲鳴を上げた。

それほどの凄《すご》みだった。

「茶師は、下賤等《など》と言われるような仕事ではありません。天上からの尊い命の水をこの世に顕現させる素晴らしき者です。神の飲み物を作り出す者をどうしてないがしろにすることができましょうか！」

「ふ、ふん、何を言うかと思ったら……！　神の飲み物？　くだらない！　お前は自分の立場が分かってないようね！　ほら、お前たち、何をしているの！　はやくこの女の頭を押さえつけて！」

貞は、後ろにいる取り巻きたちに声をかけた。

採夏の迫力に押されていた妃たちは、貞の呼びかけにハッとして動き出す。

採夏一人に対して、五人がかりで取り囲み、彼女の両腕を背中に回して動きを封じるも、その気迫は衰えることはなかった。

周りに押さえつけられようとしながらも顔を上げて貞を見ていた。

状況で言えば、確実に貞の方が優勢であるというのに、何故か貞たちの方が気後れし、明らかに苦し気な顔をしている。

「な、生意気な目でわらわを見るな！　無礼者め！　は、はやく頭を下げなさい！」

貞のあらぶる声。

その声に、採夏の動きを押さえていた妃たちが、無理やり頭を下げさせようとするが――。

「採夏妃様！　こちらにおられましたか」

低めの声が響いた。

声のする方に目をやれば、灰色の衣の下級宦官《かんがん》が、豪華な箱を抱えてこちらに向かってきているのが見える。

「これはこれは、貞花妃様。一体何事でしょうか？」

その宦官は、採夏たちの近くまでくるとそう言って貞に顔を向けた。

下級の宦官は、高貴な人の前では目より下を布で覆っている。

そのためはっきりと顔を見て取ることはできないが、采夏にはわかった。

(陛下……!?)

宦官に扮《ふん》した黒瑛だ。

「見て分からないかしら？　妃に教育を施しているところよ」

「教育……？」

そう言って宦官は采夏を見た。

「ええ、この者は、花妃であるわらわに対する礼がなっていなかったから、拝礼の仕方を指導していたの。それも後宮の主《あるじ》たるわらわの役割でしょう？」

貞のその言葉に、玉芳は眉を吊《つ》り上げた。

「采夏妃は、失礼に当たることはしてないわ！　それなのに貞花妃様が、むりやり一等拝礼を強要しようとしたのよ！」

玉芳《たま》が堪らず宦官に食って掛かるようにしてそう言った。

「一等拝礼を？　それは……誠でしょうか？」

目を丸くして宦官が貞を見る。

「だから何よ。わらわは花妃よ。当然でしょう？」

「貞花妃様、一等拝礼は皇族の方に対してのみの特別な拝礼です。花妃様であれど、強要することはできません」

宦官がそう言うと、貞はきっとまなじりを決した。

「なんですって⁉　わらわが悪いと言いたいの⁉」

「申し訳ありません。しかし、そういう規則ですので」

「お、お前……！　下級の宦官のくせに、ぬけぬけと！　わらわの後見人が誰だかわかっているの⁉」

「もちろん存じております……。ああ、そういえば、采夏妃様にお届け物があるのです」

宦官が、今思い出したというようにそう言うと、貞は「届け物？」と、怪訝《けげん》そうな顔をする。

「ええ、陛下からの文にございます」

「なっ！　何ですって⁉　陛下が采夏妃に⁉」

そう言って貞は宦官が持っていた箱を奪い取り、蓋を開けた。

そこには、三つ折りにされた紙が一枚。

貞は中を確かめてすっと顔を青ざめさせた。

「また、陛下が、采夏妃を……？」

そう言って、唇をわなわなと震わせた。

手に力が入り、持っていた文に皺《しわ》がよる。

「……戻るわよ！」

貞は、そう言うとその文を力いっぱい地面に投げつけて踵《きびす》を返した。

未《いま》だ采夏の体を取り押さえていた妃たちは、慌てて放して貞の後を追っていく。

采夏はその背中をちらりと見遣《みや》ったのちに、すぐ宦官を――黒瑛を見た。

覆面から覗《のぞ》く黒い瞳《ひとみ》が、きらりと優しく光る。

その優し気な眼差《まなざ》しに、一瞬初めてのお茶を飲むときのような高揚を感じた気がして、采夏自身が驚いた。

なにせ、今は別にお茶を飲んでいるわけではない。

(先ほど珍しく声を荒らげたからかしら……)

采夏が戸惑っている間に、黒瑛は地面に落ちた文を拾うと土汚れを丁寧に手で払う。

「申し訳ありません。一度落としたものですが、こちらをお受け取りください」

先ほど貞がつけた皺を伸ばして、黒瑛は文を采夏に掲げた。

「えっ、あ、はい……」

采夏は戸惑いつつも、どうにか文を受け取るとそこに書かれた短い文を確認した。

前回と同じく、夕飯を共にといり内容だった。

※

「突然になって、悪かったな」

届けられた文の通りに、采夏の部屋に皇帝黒瑛が訪れていた。

今日もたくさんの食事が二人の前に並べられている。

「それにしても、貞花妃はいつもあの調子か？」

昼間の出来事を思い出した黒瑛が眉間《みけん》に皺を寄せた。

「あのように話しかけられたのは初めてです。……私も、少し頭に血が上って少々反抗的な態度になってしまったのもいけなかったのかもしれません」

采夏が反省するようにそう言うと、黒瑛が薄く微笑んだ。

「確かに、あの時の迫力は凄かったたな。俺が割って入らなくても、気迫で奴らを追い払いそうだった」

「茶師を馬鹿にされてつい……。しかし、今思えば、きっと貞花妃様は、本当においしいお茶を飲んだことがないから、あのような……茶師を馬鹿にするような恐ろしい言動ができたのだと思うのです。そう思うと、可哀想なお人……」

本心から同情するように言う采夏を見て、黒瑛は流石《さすが》だなと変な笑いがこみ上げる。

だが、そう楽観視できる事柄でもなかった。

貞の性分から言うとあのまま黙って引き下がるとは思えない。

「くれぐれも注意した方がいい。俺も軽率だった。お前の元に通うべきじゃなかったな」

あの時は、ただただ知恵を借りるつもりで来てしまったが、周りはそう捉《とら》える訳がない。しこりを残す。

とはいえ、采夏とゆっくり二人で安全に会うためには、こうする他はないのだが。

「いいえ、陛下とのお食事の時間は楽しいものでした」

「そうか、そう言ってもらえると嬉《うれ》しいが……しばらく俺は青禁城《せいきんじょう》を離れる。今日みたいに助けてやることができないからな」

「青禁城を離れる？」

「ああ、この前相談した贈り物の主と会うことになった。東州《とうしゅう》に向かう。俺が不在の間、お前の身を守るために一応できることを考えてみるが、気を付けとけよ」

「もったいないお言葉です。ありがとうございます」

采夏の言葉に黒瑛は頷《うなず》くと、改めて采夏に向かって姿勢を正した。

「で、だ。水墨画の件ではお前のおかげで助かった。今日はその礼に来たんだ。何か、欲しいものはあるか？　礼を持ってこさせる」

「いいのですか!?　えっと欲しいものなら、あの、飲みたいお茶が……」

と、最初こそ嬉しそうに話し出していた采夏だったが、途中で口を噤《つぐ》んだ。

「どうしたんだ？」

「あ、いいえ、やっぱりお茶ではなくて別の頼みがあるのですが……」

と言いにくそうにする采夏を、黒瑛は意外に思った。

どうせ茶だろうと思っていたが、違うものを所望されるとは。

とはいえ、自分が用意できるものならなんでも与えてあげたい。

彼女がどんな要求をするのだろうと、少しわくわくした気持ちで黒瑛は笑みを深める。

「なんだ？　遠慮するとは珍しいな」

黒瑛にそう言われて、少し戸惑うそぶりを見せていた采夏が、意を決したかのように顔を上げた。

「実は、陛下に飲んでいただきたいお茶があるのです」

少し気恥ずかしそうにして采夏はそう言った。

「飲んでもらいたい茶？」

「私が、皇帝献上茶の選定会に出したかったお茶です」

「……そういえば、采夏妃は茶師だったな」

坦《たん》に調べさせた采夏の経歴を思い出す。

南州《なんしゅう》の茶農家出身ということだった。

「はい、私はもともと、皇帝献上茶の選定会のために上京したのです。ですが、間違えて、後宮に入ってしまって……」

采夏の言葉に、黒瑛は目を見開いた。

「ま、間違えて入ってきたのか？」

「はい……。選定会に参加しようとしたら、間違えて選秀女《せんしゅうじょ》の受付に並んでしまって」

「……ほう」

と答えながら、少々黒瑛は微妙な気持ちになった。

(俺の妃になったのは、間違いってことか……？　いや、この後宮の妃と連れ添うつもりがない俺が落ち込む資格はないいんだが……)

「陛下？　どうかなさいましたか？」

「あ、いや、悪い。ぼーっとしてた。それで、飲んで欲しい茶があるってことなら、別にいつでもいいが」

「ありがとうございます。すぐに用意できますよ。このお茶の完成品はいつもお守り代わりに肌身離さず持っているのです」

そう言って采夏はいつもの自分の茶道具を開いた。

そこに入っていた紙袋を取り出す。

その袋には采夏岩茶《がんちゃ》と書かれていた。

「このお茶です。私が、育てたお茶……采夏岩茶と言います」

大事そうに両手でその袋を黒瑛に見せた。

「へえ。今あるなら丁度いい。飲もうか。ああ、それと、采夏妃のことだから、茶が欲しいと言われると思って、実はいくつか持ってきたんだ。その茶ももらってくれ」

そう言って、黒瑛は采夏の部屋に訪れた時に宦官《かんがん》に持たせていた大きな茶壺《ちゃふう》に手をかけた。

茶壺は全部で五つあり、黒瑛がそのうちの一つを開けると深緑の茶葉がぎっしりと入っている。

采夏は目を輝かせた。

「すごい！　こんなに、たくさん！」

采夏は飛びつくようにしてその茶壺を抱えて顔を近づける。

そして思いっきり鼻《い》から息を吸った。

「ああ！　茶葉の良い香！　このままこの茶葉の海に浸れたら、どんなに幸せでしょうか！　ああ、でもお茶は飲むもの香るもの。采夏岩茶の前に、これらの茶葉も飲みましょう！　そうです！　こんなにあるのですから、利き茶遊びをいたしませんか？」

「利き茶遊び？」

「味比べのようなものです。お茶はそれぞれ産地の違いなどによって、風味などが異なってまいります。色々なお茶を飲み比べて、好みのお茶を見つけるのです」

「へえ、面白そうだな」

黒瑛がそう応じると、采夏はもらった茶葉と自分の茶葉を使ってお茶の用意をし始めた。


采夏はさっそく数種類のお茶を用意してくれた。

それを黒瑛と采夏は、小さな茶杯で味わう。

采夏に出会うまで、正直黒瑛はお茶の味を気にしたことがなかった。

もちろん皇帝献上茶を決める際などに、飲み比べたことはある。

多少の味の違いも感じた。だが、どれも似たようなものぐらいに思っていた。

しかし、こうやって采夏とお茶を飲んでいると、同じ緑茶でも産地や作り手によってこれほどまでに味を変えるのかと、驚くことばかりだ。

（なにより采夏の茶の知識がすごい。一口飲むだけでその茶の産地や作り手の拘《こだわ》りまで理解し、俺に教えてくれる。それによってより茶の深みを味わうことができる。これほどまでの知識を身につけるのは並大抵の努力じゃなかっただろう。茶師として、優秀だったに違いない）

目の前でおいしそうにお茶を飲む采夏を見ながらそんなことを想って、黒瑛は新しく先ほど采夏が淹《い》れてくれたお茶を一口飲む。

（ん？　これは……）

お茶を飲んだ黒瑛は手をとめた。

「この茶、花の香がするな」

思わず黒瑛はそうこぼした。

「はい、これは、茉莉花茶《ジャスミンチャ》。仰せの通り、茉莉花《まつりか》の香が涼し気なお茶です」

「へえ、先日の陽羨茶《ようせんちゃ》の茉莉花版と言ったところか？」

「似てますが、茉莉花茶は、茶葉を摘んだ後に茉莉花の花を混ぜ込んで茶葉に直接香を移すのです。そのため、より強く花の香が茶葉に染み渡ります」

「ああ、確かに、こちらの方が香が強い」

「陛下は茉莉花がお好きなのですか？」

「そうだな……正直花にはあんまり興味ないんだが、しかしこの香は嫌いじゃない。この匂いを嗅いでいると、妙に落ち着く」

そう言って黒瑛は優しい目をして茶の湯を見た。

（というか、どの茶も、采夏が淹れるとうまいんだが……）

今日の利き茶で飲んだお茶はどれも本当においしかった。

特にお茶にこだわりはなく、飲むとしたら皇帝献上茶に選ばれたものばかりで、他のお茶に対してそれほどうまいと感じた事はなかったというのに。

だがこうやって飲んでみると、これがうまい。

どのお茶も、それぞれ味わいがあるし、たくさん飲んでいても飽きが来ない。

不思議な気分だった。

「それでは、最後に此方《こちら》のお茶をどうぞ」

采夏は本当に薄い黄色のお茶が入った茶杯を黒瑛に差し出す。

珍しくどこか緊張した声で采夏が言うので、黒瑛は思わず目を見開いた。

「これはもしかして、お前が作った茶か？」

采夏はコクリと頷いた。

（へえ、これが、采夏の作った茶か……。これほど茶に精通した采夏が作ったものだと思うと、妙に期待してしまう）

「よし、頂こう」

黒瑛は茶杯を手に取り、グッと口に流し込んだ。

色が薄いが、きちんとお茶の味を感じる。

だが……。

「これは、先ほどまで飲んだ茶とは違って……なんというか、硬い、な」

黒瑛がそのお茶を飲んで抱いた感想は、硬い、だった。

先ほどまで飲んでいたお茶は、飲むときに柔らかく感じたが、これはどことなく喉に抵抗感を覚える。

ほんの些細《ささい》な違いではあったが、それが妙に気になった。

「硬い……そうですね。お味はどうですか？」

「味は、そうだな、味と言う味が分かりにくいと言うか、淡泊と言うか……」

再び、黒瑛はお茶を飲むが、やはり何とも妙に言葉にしづらい味わいだ。

もちろんまずいと言うわけではない。おいしい。おいしくはあるが……。

「もし、このお茶が皇帝献上茶の選定会に出されていたら、どうされますか？」

緊張した面持ちで采夏が黒瑛に問いかけた。

しばらく、お茶を舌の上で味わっていた黒瑛だったが、ゆっくりと口を開いた。

「これは……悪いが俺の好みではないな。選ばれることはなかっただろう」

まずくはないが、おいしくもない。

それが黒瑛の正直な感想だった。

采夏には少し悪いような気もしたが、ここで嘘《うそ》をつく方が不誠実だ。

黒瑛の言葉に、采夏は満足そうに頷いた。

「やはり、そうですか。私も、このお茶が選ばれることはないだろうと思っていました

……でも挑戦だけしてみたかったのです」

「……この茶、自分で育てたと言っていたな？」

「はい、私の出身地にある南州の山の茶樹《ちゃじゅ》です。大きな岩にしがみつくようにして根を張る変わった茶樹で、生きにくい環境でも力強く生長する姿に心を奪われました。そして、これほど生命力に溢《あふ》れた茶樹なのだからきっと素晴らしいお茶が飲めると思ったのです。ですが……」

そこまで言って采夏は口を噤《つぐ》んだ。

そして少し悲しそうに目を伏せてから、口を開く。

「……思ったような味は出ませんでした。水が悪いのかと様々な名水を試したり、殺青《さっせい》の仕方が悪いのかと色々とやり方を変えたのですが、味は変わらなくて……。でも、この茶葉には可能性を感じるのです。淡泊な味の奥に、旨《うま》みを隠している。それを私がうまく引き出せていない」

そう言ってお茶を見つめる瞳《ひとみ》は、真摯《しんし》だった。

「なんだか、あまり上手《うま》いことが言えなくてあれだったが、別に悪い茶ってわけじゃない」

気遣うように黒瑛がそう言うと、采夏は柔らかく笑った。

「陛下、飲んでいただいてありがとうございます。これで私も、心の区切りができました」

そう言って采夏は頭を下げた。

「心の区切り？」

「実は、親から早く結婚してほしいと言われていて、茶師としての仕事は今年で最後にしてお見合いをする予定だったのです。だから最後の思い出に、皇帝献上茶の選定会に自分の茶葉を出そうと思って。まあ、間違って後宮に入ってしまいましたが。今は、毎日のんびりお茶を飲めるこの生活に満足しています。でも、このお茶のことだけが心残りでした。今日は陛下のおかげで心残りがなくなりました」

そう言って、少し悲しそうに、瞳を伏せて目の前の茶杯を見つめた。

ぎゅっと、采夏の茶杯を持つ手に力が入る。

(これは……あきらめた奴の目じゃないな)

黒瑛はそう思って苦く笑った。

「……また茶師に戻りたいか？　俺が実権を取り戻したら、後宮から出してやることもできる」

「後宮から出て、また茶師に……？」

「そうだ」

「それは……。また茶師としてお茶作りができたら、もちろん嬉《うれ》しいです。でも、後宮から出ても、私の場合は親の決めた人とお見合いをするだけなので、どちらにしろ茶師は続けられませんし……」

「結婚相手が許せば、茶師を続けることはできるだろう？」

「それは、そうですけど、そんな奇特な方いるでしょうか……？　仕事ではなくて趣味として続けるにも、お茶はお金のかかる趣味です」

「いるさ。俺が用意してやる」

黒瑛の言葉に、采夏は目を見開いた。

「陛下が……？」

「そうだ。采夏妃には本当に感謝している。俺はまだ力のない皇帝だが、必ず実権を手に入れる。その時は、希望者は後宮の外に出られるように恩赦を出す予定だ。そして采夏妃の見合い相手のことも探す。お前が望むものをすべて用意してやる」

黒瑛がそこまで言うと、采夏は目を丸くさせた。

「……どうして、そこまで、私にしてくださるのですか？」

「さっき言っただろ。本当に助かったんだ」

それは、陸翔《りくしょう》のことだけじゃない。

最初に飲んだお茶のおかげで、黒瑛はあきらめずにいられた。

「……私は、本当に、それを望んでもいいのでしょうか？　私、結構今まで我儘《わがまま》を通して親を困らせていまして。だからこそ、これが最後だと区切りが欲しくて……」

「茶のことに関しちゃ遠慮のない采夏妃が珍しいことを言う」

「両親には、今まで自由にさせてもらったこと、感謝しているのです。ですから、約束は守らなくてはと思っていました。でも……私は茶師を、続けても、いいのですか？　諦めなくても、よいのでしょうか？」

縋《すが》るように、戸惑うように采夏は黒瑛を見た。

（諦めなくても、か。秦漱石から実権を奪うことを諦めようとしていた俺に、諦めるなと教えてくれたのは、采夏妃なんだが）

今度は逆の立場になるとは何とも因果なものだと、黒瑛は最初の出会いの時を思い出す。

采夏のお茶が、忘れかけていた気持ちを取り戻させてくれた。

何もかもがうまくいかず全て投げ捨てようとした時に、采夏がまだやれることはあると教えてくれた。

「何を躊躇《ためら》うことがある。俺が良《い》いと言ってるんだ。良いに決まってる。約束する。俺が誠に皇帝になれた時、必ず采夏妃の望むものすべてをくれてやるよ」

黒瑛は力強くそう言った。

采夏は彼のその強い瞳《ひとみ》をただただ見つめ返していた。

※※※

後宮の中央には、後宮で最も身分が高い女性の住まいがある。

それは皇帝黒瑛の母である皇太后、永《えい》が住む心陵殿《しんりょうでん》である。

日暮れ時になって、皇帝である黒瑛が珍しくその心陵殿へと足を延ばしていた。

永は久方ぶりの息子との食事を楽しみながらも、黒瑛がここに来た理由を訝《いぶか》しむ。

なんだか嫌な予感がする。

この手のかかる息子は、永の頭を悩ませるのが得意だ。

食事が終わり酒を飲む頃になって黒瑛はようやく訳を話し始め、その話しの内容に永は思わず顔を顰《しか》めた。

「陸翔に会いに行く、ですって……？」

永が、嘆くようにそう呟《つぶや》くと、黒瑛は頷《うなず》いた。

ようやく黒瑛がここに来た理由が聞けたが、やはり嫌な予感は当たった。

「ああ、そうだ。ここを離れて、陸翔に会いに行く。敵だらけの宮中に呼ぶのは危険すぎる。俺から行くしかない」

永は、重いため息を吐き出す。

「何を言い出すかと思えば……危険すぎます。秦漱石に気付かれでもしたら……」

そう口にして永は、過去のことを思い出し思わず青ざめる。

長男の士瑛《しえい》の顔が浮かんだ。

士瑛は先代の皇帝であり、黒瑛の兄、そして永の可愛い息子だった。

頭が良く、気性も穏やか、それでいて度胸もあり、良くできた息子、いや皇帝だった。

秦漱石が皇帝を擁立して宮廷を専横する中で即位した士瑛は、秦漱石の圧力もうまくいなしながら政《まつりごと》を行い、実権を取り戻すべく水面下で動いていた。

しかし、それが秦漱石にとっては面白いはずもなく、士瑛は彼によって殺されてしまった。

しかし、秦漱石が裁かれることはない。彼が実質の権力者だからだ。それが今の宮廷だ。

「うまいことやるさ。これぐらいのことすらできないなら、秦漱石を追い落とすことなんざできるわけがない」

不敵に笑う黒瑛を見て、息子の成長を頼もしく思う以上に、焦燥が胸を焦がす。

士瑛も、そう言って秦漱石の罠《わな》に嵌《はま》り殺された。

「無茶をしないでおくれ。士瑛に続き、お前までいなくなったら私は生きてはいけぬ」

永はそう言って縋るようにして見つめるが、黒瑛の瞳の色は変わらない。

もう覚悟を決めた目をしていた。

(ああ、何と言う頑固者の目よ。何故こんなところで士瑛に似ているのだ。士瑛のような生真面目さも、孝行心もないというのに……)

「俺は皇帝の椅子になんざ興味はない。だが、兄貴の無念は晴らしたい。秦漱石を追い落とす」

その目に復讐《ふくしゅう》の火が灯《とも》る。

（ああ、あの目。この子は、決してあの時のことを忘れはしない）

永は、黒瑛の強《したた》かな眼差《まなざ》しに嘆いた。

士瑛が毒殺された日、今にも秦漱石を殺しに行こうとする黒瑛を永は必死に止めた。

秦漱石にたてつけば、ただでは済まない。

失敗したら一族郎党皆殺し。

万が一成功したとしても、秦漱石の派閥に属する者たちが黙っていないだろう。

我こそがと次の秦漱石になるべく、邪魔な黒瑛を亡き者にしようとする。

だから止めた。

黒瑛だけは死なせたくない。士瑛のように失いたくない。

どうにか黒瑛は、思いとどまってくれた。しかし、それは復讐を諦めたわけではない。

ただ機を窺《うかが》うことにしただけだ。

そうして、黒瑛は傀儡《かいらい》の皇帝として立った。

血に飢えた牙を隠し、無力な王の振る舞いをし、秦漱石の言いなりに生きるフリをしてくれた。

（私は、ただ生きてさえいてくれたらそれでいい。復讐などしなくてもいい……）

嘆く内心の想いを顔には出さず、永は口を開いた。

「……上手くいく見込みはあるのですか」

「陸翔のいる龍弦村《りゅうげん》に行くこと自体は問題ない。東州が青国《せいこく》に併合された記念祭に皇帝として呼ばれている場所は、龍弦村からそう遠くない。秦漱石の配下の奴らさえ撒《ま》くことができたら陸翔に会える」

「撒く方法は？」

「それは現地で考える」

つまりは無計画ということかと、永は呆《あき》れたようにため息を吐いた。

（まったくなんという考えなしなこと）

だが黒瑛を思いとどまらせる言葉は浮かばない。

どんな言葉を使っても黒瑛は聞き入れないことは分かっていた。昔から黒瑛は、永の言うことをあまり聞いてはくれない。

「色々言いたいことはありますが、わかりました。しかし、そのことをわざわざ私に言いに来たのには何か理由があるのでしょう？　いつもなら、勝手にやるではないですか」

疲れたように永が言うと、黒瑛は珍しく何かを誤魔化すように視線を下げた。

（おや、これは……）

その仕草に、母の勘とでもいうのだろうか、永はピンと来た。

「そう言えば、最近あれほど毛嫌いしていた後宮に妃を訪ねるようになったとか」

永がそう言うと、黒瑛は分かりやすく肩をびくりと動かした。

どうやら勘は当たったようだ。

「おやまあ。それはよいこと。私も早く孫の顔が見たいと思っていたところですよ」

「違う違う、そういうのじゃない。ただの、あれだ。その……茶飲み友達、いや、戦友か？」

「戦友？」

「茶師で采夏という娘なんだが、これがなかなか頭の回転が速い、というか茶に関することの知識が大したもので、今まで何度か助けてもらった。今回陸翔と会えることになったのも、そいつのおかげだ」

「そう、賢い娘なのね……」

それは悪くないと、永は内心思った。

本来なら力のある家の娘と結ばせて、黒瑛の地位を盤石にさせたいが、今の後宮にいる妃ではそれは望めない。

それならば、せめて賢く強かであってほしい。

そうでなければ、生きてはいけないのだから。

「それになによりそいつが淹《い》れる茶が、すごく、うまい」

「それは好いた女子《おなご》が淹れるからうまいという話し?」

「だから違うって……」

そう言って決まり悪そうに鼻をかいた。

子供の頃から変わらない、ばつが悪くなるとするその仕草に、永は思わず頬が緩んだ。

(こんな顔、久しぶりに見たわ。その妃のおかげなのかしら)

「ふふ、全く、皇帝だというのに、相変わらずそんな粗野な言い方をして」

「仕方ないだろ、俺は兄貴と違って皇帝としての教育なんざ受けてないんだ。って今はそんなことどうでもいい。それで、だ。母上には……俺が、ここを離れている間、そいつを守ってほしい」

「わがままなことを言う。行くなという私の頼みはきかないのに、お前は私に頼みごとをするつもり?」

「……悪いとは思っている。だが、後宮のことで俺が頼れるのは母上しかいない。貞花妃が采夏妃にちょっかいを出しているところを見た。あの女は危険だ。采夏妃に何かするかもしれない」

「貞ね……」

秦漱石の姪《めい》である貞の横暴は永もよく知っている。

だが、見て見ぬふりをしてきた。

それも黒瑛のためだ。変に秦漱石の注意を引かないようにと。

そして永が何も言わないことを分かっていて、貞も自由に振る舞っている。

それに憤りを感じたことは何度もある。

でも、息子のためならば我慢することができた。

(私自身はどんなに侮られてもいい。だが、もう我が子を失うのは耐えられない)

やはり、危険なことをさせたくないという想いが再び永の中に沸き起こる。

「……そんなに心配なら、陸翔に会いに行くのは止めて采夏妃の側にいてやりなさい」

「それはできない。俺には果たさなければならないことがあるからな」

強い瞳《ひとみ》だった。

永はまるで責められたように感じて、思わず目を逸《そ》らす。

(この子は、心の底では弱い私を恨んでいるのでしょうね。分かっている……。私がこの子にどれほどの我慢を強いてきたか……)

兄の敵をとるために前に進む息子の重い枷《かせ》となって動きを鈍らせているのは、己自身であると永は分かっている。

黒瑛は、兄の敵がとれたら自分の命などどうでもいいと思っている節がある。

それなのに、今、こうやって秦漱石のもとで大人しくしているのは、黒瑛が何かをすれば永の一族にも不幸が訪れることを分かっているからだ。

誇り高い黒瑛にとって、秦漱石にいいようにされている今の状況はどれほど辛《つら》いものだろうか。

それでも、そうだとしても、永は、生きていて欲しいのだ。

本音を言えば、死なないで済むのなら、このまま秦漱石の傀儡の皇帝でも構わないと思わなくもないのだ。

しかしそんなことを言えば、きっと息子はもう永のことを母とは呼ばなくなるだろう。

「わかったわ。采夏妃のことは私が面倒を見ましょう」

うなだれるようにして永は小さくそう応じた。

しかし、胸の中はざわつく。

黒瑛は無謀なところがある。

枷である永から離れることで、簡単に無茶をしようとするのではないかと、そう思えた。

第五章　お茶の香にて思いを感じ入る

「今日も貞花妃《ていかひ》からの嫌がらせがなかったわね」

いつものように朝餉《あさげ》を持ってきてくれた玉芳《ぎょくほう》がそう言いながら漬物をポリポリと食べる。

最近、毎日のように行われていた嫌がらせがなくなったのだ。

「そうですね。先日、陛下から頂いたお茶を後宮の皆さんにお配りしたので、もしかしたらお茶の素晴らしさに気付いたのかもしれません」

采夏《さいか》はおっとりとそう返したが、玉芳は呆れたような色を瞳に浮かべて首を振った。

「いや、それは絶対関係ないと思う」

「おいしいお茶を飲んで、貞花妃様は、自分が以前茶師をけなしたことを悔いているのでしょう」

「アンタ、その件結構引きずるよね。もっと他に怒るところあったと思うけど」

呆れたように言う玉芳との会話もいつものことだ。

玉芳は笑うと、采夏のすぐそばに置かれた籠《かご》を見た。

「そういえば、最近その籠を良く眺めてるけど、中に何が入ってるの？　お茶？」

玉芳にそう言われて、采夏は籠に目をやった。

この籠の中には采夏岩茶《がんちゃ》の青殺《さっせい》前の茶葉、つまり生の茶葉が入っている。

このお茶を最後に、もう茶師業をやめにすると思いながらも未練がましく、生の茶葉も後宮に持ち込んでいたのだ。

先日、黒瑛《こくえい》から、茶師を続けてもいいと言われたことで、この茶葉を引っ張り出してしまっていた。

この茶葉を見ていると、後宮に来る前の暮らしを思い出す。

親は、采夏が茶師をすることに反対していた。

なにせお茶はお金のかかる趣味だ。

しかもお茶好きすぎて、地元では茶道楽の異名もつけられたほどで、結婚相手を見つけるのも大変だと、母親は特に嘆いていた。

でも、両親は力ずくで采夏とお茶を切り離そうとはしなかった。

なんだかんだと、自由にさせてくれていた。

そのことに采夏は感謝していた。

だからこそ、きちんと約束を守ろうと思っていたのだ。

今年の皇帝献上茶の選定会を最後に、見合いをして結婚すると。

（それがまさか、後宮に入ることになるとは思わなかったけれど……）

両親には、まだ今の状況を連絡できないでいる。

皇帝献上茶の選定会に行ってから帰ってこない娘のことを親はどう思っているだろうか。

もう見放されたのかもしれない。

それでも、けじめとして約束は守ろうと、茶師の道は諦めるつもりだった。

だけどどうしようもなく欲が出てきてしまう。

（だって、まだ采夏岩茶は完成してない……）

そう思って、茶葉の入った籠に置いた手に力が入る。

微《かす》かにお茶の香がするが、摘んでからそれなりに時間が経過している生の葉だ。

今はもう使いものにはならない。

そうとは分かっているのにこうやって手放さないでいるのは、諦めきれていないからだろう。

「采夏？　どうしたの、ボーッとして」

玉芳が采夏の前で手を振ってきた。ハッとして采夏は顔を上げる。

「あ、すみません。つい考え事を……。えっと、あ、この籠の中身のことですよね？　これには生の茶葉が入ってます。殺青をしてないので、お茶としては飲めないものですが」

「さっせい……？」

「お茶を作るための工程の一つで、茶葉に熱を加えることを指します。基本は釜《かま》を火にかけて茶葉を炒《い》ることが多いですね。そうすることで、香ばしいお茶が出来上がるんですが、この火入れの仕方でお茶の味が変わってくるほど大事な工程なんです」

「へえ、じゃあこれが、采夏が作ったお茶の葉っぱってことか。これ、今から殺青って言うのしたら飲めるの？」

「この生の茶葉は摘んでから時間が経っているので、今からしても遅いでしょうね。いつかは処分するつもりですけど、まだ踏ん切りがつかなくて……。玉芳妃にとってはただのゴミのようなものに見えるかもしれませんが、しばらくは部屋に置かせてください」

「もちろんいいし、大体ゴミだなんて思うわけないじゃん。采夏の大事なやつでしょ？」

当たり前のようにそう言われて、采夏はしばらく目を見開いた後、すっと柔らかい笑みを浮かべる。

そう、この生の茶葉は、他人にとってはただのゴミでも、采夏の茶師としての誇りだ。

それを分かってくれる人が側にいてくれることが、嬉《うれ》しい。

（私、ここに来てよかったわ。陛下に、玉芳妃に……出会えたのだから）

あのまま、故郷に戻っていたら、きっと今頃は結婚をしていただろう。そしてその結婚相手が、采夏のお茶を認めてくれるとは限らない。

「ありがとうございます」

改まって采夏がそう言うと、玉芳は少し照れたように頬を赤らめそっぽを向いた。

「なによ、そんな改まって、あ、当たり前じゃない。気持ちはわかるし。私もさ、やっぱり最初から使っている二胡《ニコ》は特別だもん」

そう言って玉芳は側に置いていた自分の二胡に触れる。

多少年季が入っていて、お世辞にも質のいい高価な二胡とは言えないが、それでも大切に手入れしてきたことがわかるほど綺麗《きれい》にされている。

「……また、玉芳妃の二胡が聴きたいです」

「今日は、午後に別の妃に二胡弾いてって言われてるから、それまでならいいわよ。いつもくれるお茶のお礼ね。ちなみに今日聴かせる妃には肉団子で手を打ったの」

ニッと歯を見せて笑う玉芳はそう言うと、二胡を響かせてくれた。

そうして二胡を楽しんだ後、玉芳は約束していた妃の元へと行った。

残された采夏は、久しぶりに庭でお茶を楽しむために外へ。

思えば、黒瑛との出会いもこうやって外でお茶をしていた時だ。

(なんだか、すごく懐かしい)

あの時は春。今は夏。

日差しは強くなってきたが、木陰の中はまだまだ快適だ。

「采夏妃様！　こんなところにいらしたのですね！　大変なのです、玉芳妃様が！」

人の足音が聞こえてきたと思ったら、慌ただしい声が続く。

声のした方へ顔を向けると、司食殿《ししょくでん》の宮女が真っ青な顔でこちらに向かって走ってきている。

その尋常ならざる様子に、采夏は広げた茶道具もそのままに立ち上がった。

「玉芳妃がどうしたのですか？」

「采夏妃様が留守にしている間に、鳥陵殿《ちょうりょうでん》が荒らされ何か物を盗《と》られていたようなので

す！　それで、鳥陵殿を荒らしたのが、貞花妃様の侍女だって聞いた玉芳妃様が飛び出し

て行かれて……貞花妃様のところに！」

宮女の話しを聞くうちに、采夏の顔は青ざめてゆく。

玉芳のことだから、荒らされた鳥陵殿を見て頭にきたその勢いで飛び出したのだろう。

その剣幕で貞の元に行けばどうなるか。

穏便に済ませられるはずがない。

「申し訳ありません。私、貞花妃様が怖くて、何も……」

知らせてくれた宮女はそう涙を流して地面に伏せた。

「いいえ、何もできないなんてことありません。知らせてくれてありがとうございます。

私が、行きます」

采夏はそう言って、走り出した。

向かうは後宮の西側。

ひと際大きな屋敷、貞花妃が住まう花陵殿《かりょうでん》だ。


後宮の西の区画に、それは鮮やかな花が咲き乱れる区画がある。

柱は煌びやかな朱色、左右に行くにしたがって反り上がる優美な軒反り、隅巴瓦《すみどもえがわら》には菊の透かし彫りが施されている。その豪奢《ごうしゃ》な建物が、花妃が住まう花陵殿だった。

花陵殿の門が見えたところで、采夏の耳は異変に気付いた。

騒がしい女たちの声がする。

それは聞くに堪えない罵《のの》りの言葉で、よく聞くと合間に苦し気な声と、水音が聞こえた。

(この苦し気な声は、玉芳妃……？)

くぐもってよく聞き取れないが、玉芳の声に聞こえる。

采夏は嫌な予感を抱きつつ、挨拶もなしに花陵殿の門扉を押し開き中に入り、辺りを見渡して見つけた光景に唖然《あぜん》とした。

小さな池の周りに、花陵殿の宮女服を着た女たちが集まっている。

彼女らは、それぞれ長い棒状のものを持ち、笑いながら池に向かってその棒で突っつくようなそぶりを見せる。

そして、その棒を向けている先には、あろうことか……。

「玉芳妃……！」

玉芳が池の中に落ちていたのだ。

顔を出してはいたが、岸辺に上がろうと近寄ると、周りの女たちが棒を押し込んで玉芳が池から上がらないようにしている。

また、辛うじて池の上に出ている顔に棒をぶつけて沈ませようとしているようにも見えた。

どのくらいこのような状況にされていたのか、玉芳の顔色はすでに青白い。

「何をしているのですか⁉」

采夏の声に、玉芳を棒でつついていた者たちが采夏を見た。

こんなおぞましい状況の中、女たちはどれもこれも笑っている。

采夏は、彼女らに今まで感じたことのないほどの怒りを抱いたが、まずは玉芳の無事を確保するため走った。

女たちを退け玉芳に駆け寄ると、力なく腕を伸ばす手をとって岸の方まで引き寄せる。

玉芳の手は、棒につつかれたせいか、血が滲《にじ》み、赤く腫《は》れていた。

玉芳が以前、采夏に、二胡を弾く私の手は誇りそのものだと話していたことを想い出し、悔しくて涙がにじむ。

采夏は服が濡《ぬ》れるのも構わず、玉芳の腕を自分の肩に掛けて引き上げた。

手だけでなく、腕や顔にも傷がある。

水をいくらか飲んだようで、ゲホゲホと苦しそうな咳《せき》をして、水を吐き出す。

いつも元気で明るい玉芳の弱った姿に、采夏は頭がおかしくなりそうだった。

「なんてことを……なんてことをするのです⁉」

采夏は女たちをきつく睨《にら》みつけた。

女たちは、采夏が来てからは何もせず傍観を決め込んではいたが、その顔には嘲笑《ちょうしょう》が浮かんでいる。

そして女たちの中心には、派手な衣をまとった貞がいた。

貞は、棒を持ってはいない。

だが、周りの侍女たちに命じて玉芳を池に追いやったのが貞であることは明らかだった。

「あらあら、采夏妃じゃない。どうしたの、そんな大きな声を出して、はしたないわ」

「…………！」

鼻にかかったような声が癇《かん》に障る。

ここまで人を醜いと思ったのは、采夏は初めてだった。

お茶にほとんどの興味を持っていかれていたため、人づきあいが極端に少ないというのもあるかもしれないが、いままで良《い》い人たちに囲まれて生きてきた。

このように平気な顔で人を傷つける者がいるということを、采夏は知らない。

「……ご、ごめん、私……」

下から、震えた声が聞こえる。

ハッとして下を向くと、玉芳が、唇を震わせて何かうわ言のように呟《つぶや》いている。

「玉芳妃、大丈夫なのですか⁉」

「私、取り返せ、なかった……アンタの……誇り……」

寒さで歯を震わせながらそう言うと、弱弱しく顔を上げて視線を貞たちのいるところから左側に向ける。

采夏も玉芳の指し示す場所を見た。

そこには、壊れた籠《かご》があった。

踏みつぶされたのか、片側が砕けて穴が開き、そこから中に入っていた茶葉がこぼれて、池に流れていた。

池に茶葉が浮いている、そしてもっと奥には……。

玉芳の二胡が半分に折られた形で浮いていた。

「二胡が……」

愕然《がくぜん》とした。

今朝のことを思い出す。この二胡は、特別だと、そう言った玉芳の顔を。

「玉芳妃が、一体何をしたというのです⁉」

そう言って、采夏は力いっぱい貞を睨みつけた。

「その女は、花妃であるわらわに無礼な口を利いたのよ。これは正当なお仕置きなの」

「無礼な、口……？」

「そうよ。わらわを盗人《ぬすっと》呼ばわりしてきて、この籠を奪おうとしたのよ。というか、これ何？　質の良い布で包まれていたから宝石でも入っていると思ったのに、ただのゴミじゃない」

そう言って、貞は池の縁に置かれた壊れた籠——中に采夏の茶葉が入った籠を蹴った。

ぽちゃんと軽い音を鳴らしてそれは、池に落ちる。

もちろん、中の茶葉も一緒に。

茶葉が枯れ葉のように池に浮かぶ。

「……それは私のものです。玉芳妃は、それを取り返そうとしただけ。あなた方が最初に烏陵殿からそれを奪ったのではないのですか!?」

「あら、分かってないのね。後宮にあるものは全てわらわのものなのよ。もちろん、烏陵殿にあるものもね。それなのに、こともあろうにこのわらわを盗人などと呼ぶなんて……到底許せることではないわ」

「何を言ってるのです？　こんなことが当然だと、本当に思っているのですか？」

「当然でしょう？　だってわらわは花妃なのよ。そして、あの秦漱石《しんそうせき》の姪《めい》。お前たちのようなどこの馬の骨とも分からないような女じゃないの。何をやっても許される。唯一高貴な者。わらわがここの、この後宮の、絶対なの」

歌うように貞は高らかにそう言った。

瞳《ひとみ》は陶酔するように遠くを見ていて、顔は歪《いびつ》だった。

その様を見て彼女が本気でそう言っているのだということが、采夏には分かった。

分かったからこそ、嫌悪した。

「そんなこと、許されるはずがない。人の物を勝手に奪い、罪のない玉芳妃をこれほどまでに痛めつけて、それが当然などと考えるあなたは、正気ではないわ」

「おだまりなさい。どんなにお前が陛下にすりよったとしても、与えられる位は鳥妃《ちょうひ》どまり。わらわの方が上なのよ。それなのに……」

そこまで言って貞は堪えられないとばかりに顔を醜く歪《ゆが》めた。

「陛下に呼ばれたのが自分だけだと調子に乗って、この糞女《くそおんな》が！　お前にも身分と言うものを教え込まないといけないわね！　さっさと頭を下げろ、この無礼者が！」

泡を吹くようにして罵る貞。

そして貞は隣にいた自分の侍女の一人の腕を摑《つか》み無理やり前に押し出した。

侍女はよろめきながらも前に進み、貞を振り返る。

「お前たち、何をしているの！　さっさとそいつの頭を地面に……いいえ、池に押しこみなさい！　溺《おぼ》れさせてやる！」

「し、しかし、貞花妃様、采夏妃様については、秦漱石様よりくれぐれも……んぐ！」

貞が、話す侍女の喉《のど》を摑む。

途中で言葉を失った侍女が苦しそうに顔を歪ませた。

「お前は、誰に向かって口を利いてんだ！　いいからさっさと、やるんだよ！」

そう叫んで、貞は侍女を解放する。

「ふぐ、ごほ、ごほ……は、はい……！」

侍女は、胸を押さえて息をしてから、辛うじて返事をする。

そして恐怖に怯《おび》えた顔で采夏を見た。

その侍女に続いて、他の侍女たちも顔を強張《こわば》らせて采夏に詰め寄る。

「こんなことをして、何になるというんです!?」

采夏は訴えた。しかし、彼女の言葉に貞は答えない。

そして数人がかりで采夏は捕らえられる。

「これは躾《しつけ》よ。後宮のしきたりなの！　親切なわらわが、それを丁寧に教えてあげてるだけなのよ！　下級の妃が上級の妃に逆らってはいけないってことをね！　ふふ、はははははは！」

采夏が追い込まれていくさまを見て、楽しくなったのか、貞は高笑いをした。

その気分の浮き沈みが、采夏には恐ろしい。

憐憫《れんびん》さえ抱きそうなぐらいの貞の愚かさに、怒り以外の複雑な気持ちが沸き上がる。

しかし、現実に采夏は危機に瀕《ひん》していた。

侍女たちは貞の指示通り采夏を捕らえている。

玉芳は息はあるが今は意識を失っている。

采夏は、四人がかりで動きを押さえる侍女たちに抗《あらが》う術もなく、頭を押さえつけられる。

そして、目の前に池。

自分が育てた茶葉が、虚《むな》しそうにその小さな池に浮かんでいる。

池は手入れをされているため、底のコケや水草などもはっきりと見えるほど透明度が高い。

そして采夏はふと思った。

微《かす》かに良い香がする、と。

(これは、お茶の香？　池に落とした私の茶葉から？)

采夏はじっと、池に落ちた生の茶葉を見た。

(まるでお茶みたい。そうだわ。池に茶葉を浸《つ》けたのだもの、この池の水がお茶と言えなくもないような気がしてきた。……そうね、私このぐらい大きな器のお茶を飲んでみたいと思ったことがあったのだったわ)

采夏の気持ちが落ち着いてきた。

怒りや憎しみで満たされていた心が、お茶を前にして静かになってゆく。

「貞花妃様、貴女《あなた》が出してくださったこのお茶を飲みきったら、またお話しいたしましょう。その時は、私のお茶を飲んでいただきたいんです」

貞は妙に落ち着いた采夏の言葉に怪訝《けげん》そうな顔をした。

「は？　お茶？　何を言っているの？　飲みきるって……まさかこの薄汚れた池のこと？」

「ええ、私、お茶が、大好きなのです。自分で淹《い》れるのも、人に振る舞われるお茶も大好き。ですから、貞花妃様が淹れてくださったこちらのお茶もありがたくいただきます」

「意味わからないことを言わないで！　わらわはお茶を振る舞ってなんかいないし、大体こんなの飲めるわけがない！」

「いいえ、飲めます。この国のすべてがお茶に変わったとしても、私はすべてを飲み干すことができます」

采夏の言葉は力強く、嘘《うそ》を言っているようにも強がって言っているようにも聞こえない。

だからこそ采夏の言葉に、畏怖か恐怖か呆《あき》れか、侍女たちの手の力が緩む。

采夏はゆっくり顔を貞に向けた。

そして穏やかな笑みを浮かべた。

慈悲に満ちた母親のようなその笑顔は、この場にあまりにも似つかわしくなく、逆に貞たちはゾクリと背筋を凍らせ、一瞬、動きを止めた。

そして——。

「お前たち、何をやっている！」

凛《りん》とした声がその場に響く。

門のところから、複数の女たちがやってきた。

その中心にいたのは、齢《よわい》にして四十手前ほどだろうか。

つややかな黒髪は丁寧に結い上げられ、金や銀の歩揺を揺らしながら、しゃなりしゃなりとゆっくり、それでいて力強くこちらに向かってきている。

香ってくるのは品のある茉莉花《まつりか》の香。

紺色の生地に華やかな花の紋様を所狭しと刺繍《ししゅう》した襦裙《じゅくん》、朱色の腰帯と襟。

そして袂《たもと》には『壽』の文字が、金糸で縫われている。

『壽』という目出度《めでた》い文字が刺繍された服を着られる女性は、一人しかいない。

「こ、皇太后様……！」

貞の侍女たちから動揺の声が上がる。

あの貞ですら、皇太后がやってきたことに動揺の色を見せた。

「ここで何をやっている」

現れた皇太后は、無表情のまま同じ言葉を口にする。

突然のことで貞はいまだ反応できずに立ち尽くしていると、皇太后は眉をひそめた。

「貞花妃、答えなさい。ここで何をやっている」

皇太后に名を呼ばれ、貞はびくりと体を揺らす。

「わ、わらわは、ただ……躾を、そうよ！　わらわは至らない下級の妃に躾をしてるだけです！　上級妃のわらわに無礼を働いた者に、礼儀を教えております」

「どのような無礼を働いたのです？」

「わらわのことを敬わず反抗的な日をし、そう、挨拶《あいさつ》！　挨拶すらしなかったのです。下級妃は上級妃に会う際はまずは挨拶をするのが礼儀と言うものでしょう？」

「確かにそうだ。それは後宮の規律に反している」

「ですから、このわらわが直々にまずは人に頭を下げるところから教えていたのですわ」

頭を押さえつけている理由はこれだとばかりに、貞は笑って言い切った。

皇太后が、ちらりと采夏と、側に倒れている玉芳を見る。

「だから、頭を下げさせていたというわけか。それでたまたま池が近くにあって濡《ぬ》れてしまったと」

皇太后の話しに貞は、にんまりと微笑んだ。

「はい、その通りにございます」

「ならば、貞花妃、貴女も池に顔を沈めなさい。私にまだ挨拶をしていない」

「えっ！　そ、それは……だってわらわは花妃で……！」

「そう。お前は花妃、そして私が皇太后だ。どちらが上か、まさか忘れたのか？」

「………！」

確かに、貞には後ろ盾がある。

何も言わない皇太后をいいことに、この後宮でわが物顔で過ごしてきた。

だが、実際は、通常の規則上は皇太后よりも位は下だ。

「ふん、まあ良《い》い。私はそこまで厳しくはない。しかし、自分より位の高い者への挨拶を怠る者に妃の躾は任せられぬ。この二人、私が預かろう。それで良いな？　貞花妃」

皇太后の言葉は疑問形ではあったが、そこには有無を言わせぬ力があった。

采夏と玉芳は、皇太后の侍女たちに支えられるようにして心陵殿《しんりょうでん》へと連れてこられた。

玉芳はすぐに怪我《けが》の手当てをされて、今はふかふかの布団に横になっている。

「やっば。この寝台。気持ち良すぎるんだけど。めちゃくちゃ良い香するし。ココなら私一日中寝られる」

玉芳は飲んでしまった池の水を吐き出し、棒でつつかれるなどして負傷したところには薬を塗り包帯を巻かれていた。

しかし、顔色は良くなってきている。

玉芳のいつもの元気な物言いに、采夏はほっと胸を撫《な》で下ろした。

「やはり皇太后様の殿は他とは違いますすね。調度品もどれも品が良くて、それにこの部屋、甘くて優しい花の香がします。そういえば、外でお会いしたときも、服から焚《た》き染《し》めた同じ香がしました」

「ホントに贅沢《ぜいたく》な気分に、ゲフ、ゴホン……んん！」

「大丈夫ですか!?」

「あーごめんごめん、ちょっと咽《むせ》ただけ、大丈夫大丈夫」

そう言って、笑顔を向ける。

（玉芳妃、明るく振る舞ってくれるけれど、やっぱり体は辛《つら》そう……それに）

玉芳の臥《ふ》す寝台の横にいた采夏は瞳を伏せた。

「玉芳妃、ごめんなさい。貴女《あなた》の二胡が、あんなことに……」

「え？　二胡？　ああ、いいのいいの。あんなものなんでもないわよ。それに悪いのは貞花妃。私たちは何も悪いことしてないんだから」

「けれど、私ももう少し気を付けておけば……」

今思えば、黒瑛にも気を付けろと言われていた。まだ大した害はないと放っておいてしまったのは自分の落ち度だ。

それに今後のこともどうするべきか考えなければならない。

今日は運よく逃れることができたが、毎回躱《かわ》せる保証はない。

自分だけならまだしも、玉芳にまで辛い思いをさせてしまうかもしれないと思うと胸が痛かった。

「気を付けるったって、実際、気を付けようもないしね。でも、まさか皇太后様が助けてくださるとは思わなかったわ。今まで貞花妃の横暴には目をつむってたのに」

玉芳がそう言うと、ふすまが開いて皇太后の侍女が現れた。

「采夏妃様、皇太后様がお呼びでございます」

「皇太后様が、私を？」

采夏が不思議そうにそう言うと、玉芳がにやりと笑う。

「どうやら皇太后様が助けてくれた理由を教えてくれるみたいね。早くいってきて。私は寝て待ってるからさ」

そう言ってぴらぴらと手を振る。

采夏は頷《うなず》くと皇太后の元へ向かった。

そうして采夏は、広すぎる部屋で皇太后と向かい合うようにして座った。

皇太后・永《えい》は四十近い年齢にはなるが、肌は張りがあり背筋をしゃんとして座る姿には、衰えを感じさせない美貌《びぼう》がある。

「このたびは、危ないところをありがとうございます。玉芳妃の手当てもしてくださって、重ねて感謝申し上げます」

「礼には及ばぬ。貞の横暴を正すのが、本来の私の役割よ。それにしても花妃があれほどまでに無慈悲なことをするとは……。玉芳妃の体調に問題は？」

「はい、おかげさまで、今は寝台にて眠っておりますし、本人も問題ないと申しておりました」

「そう、良かった。もう少し私が早く出向いていれば……采夏妃にも無事とは言え恐ろしい思いをさせてしまった。池に落とそうとするとは」

皇太后にそう言われて、采夏は目を見開いた。

傍《はた》から見たら、池の縁でうずくまっているようにしか見えない采夏は、今にも蹴られて池に落とされそうだったが、采夏にとってはそうではない。

采夏は、ただ、あの時、貞が淹《い》れたお茶を飲もうとしただけだ。

「あ、いいえ、違います。あの時は、目の前のお茶をすべて飲み切ろうと思っていたところでした」

意味の分からない話しに皇太后の目が点になる。

「……ん？　飲み切る？　お茶？」

「はい、あの池に茶葉が浮かんでいてお茶っぽいなと思いまして。もしかしたら貞花妃様流のお茶のお誘いなのかなと思い、言いたいことは出されたお茶を飲み干してから言うのが筋かなと」

「……ちょっと言っている意味が分からぬのだが」

「でも結構良い匂いがしたような気がして……。ああ、話していたらなんだか気になってきました。今からちょっと一口飲んでこようかしら……」

「おやめなさい！　良い匂いがしたとかの話しではなく、あれは池。飲み物ではない！」

「あ！　そうですよね、やっぱり一度煮沸しないと……」

「そういう問題でもないのだが……。黒瑛が言っていたお茶に対する執着とはこれのことか……？」

呆れたように言う皇太后に、采夏が首を傾《かし》げた。

「黒瑛様と申されますと、陛下のことですか？」

「その通り。私が貞から貴女《あなた》を守ろうとしたのも、黒瑛に……いいえ、陛下に言われたからに他なりません」

皇太后は、これはあくまで皇帝からの命令なのだと言うように息子の名を陛下と言いかえた。

「陛下が……」

そう言えば、以前会った時に、不在の間のことについて考えると言ってくれていた。

「これから陛下がしばらく青禁城《せいきんじょう》を空けます。その間、采夏妃と玉芳妃の身柄は私の方で預かることになりました。貞が今後どのようなことをしてくるかわからぬ以上、私の手元に置いていたほうが安全というもの……あの子が私を頼るなど珍しいことよ。私はあの子に嫌われていますからね」

そう言って、皇太后は悲し気に微笑んだ。

（嫌われている……？）

思ってもみなかったことを言われて采夏は微《かす》かに首を傾げる。

「嫌われているようには、思えませんが……」

采夏が恐る恐るそう申し上げると、皇太后は苦笑いを浮かべて首を左右に振る。

「気を遣わなくていい。私があの子にどれほどの我慢を強いているか……。私はひどい母親よ。私は息子に矜持《きょうじ》や誇り……命以外の大事な何もかもを捨てさせた」

「でも……」

辛そうに笑う皇太后に、采夏は何事かを言おうとしたが、言うべき言葉が浮かばずに思わず口を噤《つぐ》む。

（なんと言えば伝わるかしら。陛下は、決して皇太后様のことを嫌ってなんていない。だって……）

采夏は先日の利き茶のことを思い出していた。

あの時、確かに優しい目をしていたのだ。

(そうだわ。こういう時はお茶。そう、お茶を飲んでいただければ……!)

口ではうまく説明できない時、いつもお茶が味方してくれる。

「皇太后様、お願いがございます。お茶を……飲んでいただきたいお茶があるのです」

神妙な顔をして采夏はそう言った。

※

「私に飲んで欲しいお茶?」

息子に言われて屋敷に匿《かくま》った妃から妙な提案をされ、永は少々戸惑った。

(この妃、独特と言うか、なんというべきか……。池の水を飲もうとするし。黒瑛の好みは変わってる……池の水を飲もうとするし)

池の水を飲もうとしていたことが引っかかりまくっている永が、息子の好みについてあれこれ考えているとは知らずに、采夏は口を開く。

「はい。茶葉は鳥陵殿にあるので、一度取りに戻れたらいいのですが……」

「取りに行く必要はない。この前陛下から大量にお茶を頂いたのだ。その中にあるかもしれぬ」

そう言って永が声をかけると、すぐにふすまが開き、侍女たちがぞろぞろと入ってきた。火鉢やら、茶器やらを運び込む。茶葉もあった。

采夏を守るお礼にと、黒瑛からもらった茶葉だ。

もともと采夏と一緒にお茶を飲もうと思って永が用意をさせていた。

黒瑛があそこまで言うので、采夏の淹《い》れるお茶に興味があったのだ。

(丁度良い。うちの息子を虜《とりこ》にしたお茶の腕前、見せてもらいましょう)

「この中に目当てのお茶はある？」

「ええ、この香、間違いありません。ございます」

「ほう、香だけで分かるのか？　流石《さすが》。采夏妃の淹れるお茶がおいしいと陛下から聞いている」

「そうおっしゃっていただいたのは嬉《うれ》しいですが、私の淹れるお茶がおいしいというよりも、陛下がお茶を飲む才能に恵まれているからかもしれません。陛下は本当にすごいのです。お茶を愛しお茶に愛されるために生まれてきたと言っても過言ではありません」

本当に感心するように言う采夏に、永は首を傾げた。

「茶飲みの才能……？　お茶を飲むのに才能がいるのか？」

「もちろんでございます。恐れながら陛下は茶飲みとして歩き出したばかりであるにも拘《かか》わらず、すぐに茶酔の境地に達してしまわれました。それは恐るべき才能です！　これほどまでにお茶に愛された性質をお持ちな方は初めて目にしました。流石は皇帝陛下です。皇帝の貫録を感じました！」

目をキラキラさせて、興奮したように言う采夏。

（お茶の飲み方で皇帝の貫録なんて出るだろうか……。というか、茶飲みとして歩き出したばかりとは？　黒瑛は茶飲みになるつもりなのか？　そもそも茶飲みとはなんだ？）

永の頭の中は疑問でいっぱいだ。

しばらくぐるぐる茶飲みについて考えてから、永は「そうか……」とだけ答えた。

なんとなくこの話しを広げてはいけないような気がし、賢明にも相槌《あいづち》で済ませたのだ。

商人の娘から皇太后にまで成り上がった女の勘である。

もう少し皇帝の茶飲みの才能について話したそうな顔をしていた采夏だったが、永の侍女たちが采夏の目の前に茶道具を並べ始めて意識がそちらに向いた。

「それでは、さっそくお茶をお淹れしますね」

そう言って、采夏は生き生きとした顔で茶道具に手を出し、慣れた手つきでお茶を用意した。

「こちらが、皇太后様に飲んでいただきたいお茶にございます」

そう言って采夏は、白い茶杯に入れたお茶を永に差し出す。

色は、目が覚めるような透明な黄色。

「あら、良《い》い香……」

湯気と共に立ち上ってくる香は、華やかでいて爽やか。

「この香……茉莉花《まつりか》か？」

鼻からスーッと息を吸い込み湯気から立ち上る香も味わうように、永は問うた。

「はい。こちらは茉莉花茶《ジャスミンチャ》と言いまして、茶葉に茉莉花の花弁を混ぜて香付けをした花茶でございます」

「そう、やはり。相変わらず良い香だこと」

華やかで優雅な茉莉花の香は、永にとって特別なものだった。

永の父は商人で、稼ぎは特別少ないわけではなかったが、永を含めて子供が十人いる家の生活は苦しかった。

両親に言われたわけではなかったが、長女である永は自ら志願し女官として後宮に入った。

そして、今もよく焚《た》き染《し》めている茉莉花のお香は後宮に入る際に、商人だった父が持たせてくれたもの。

父が取り扱う商品の中で最も高価な品だった。

辛《つら》いことがあった際も、この香で家族を思い出し、強《したた》かに生きた。

その生き生きとした姿が良かったのか、女官の身でありながら陛下の目に留まり、気づけば皇太后の地位についていた。

茉莉花の香は、永にとって故郷の匂い、家族の匂いだ。

永は、家族の記憶に想いを馳《は》せながら茶杯を傾けて口に流す。

しっかりとした渋みが舌を舐《な》めた。

そしてすぐに甘みと花の華やかな香が口いっぱいに広がってゆく。

人によってはしつこくなりがちな花の香が、緑茶の苦みが混ざることですっきりとした風味になり、飲みやすい。

喉通りも爽やかだ。

茉莉花の花の可憐《かれん》な爽やかさを凝縮したような味わい。

「心陵殿で焚き染められているお香も、茉莉花の花を元にして作られたものでございますよね？」

永がほうと息をつき、茉莉花茶の余韻に浸っていると、采夏がそう尋ねてきたので頷いた。

「この花の香が好きでな。いつもこのお香ばかり。お茶にしても誠に美味なこと」

「黒瑛陛下もこのお茶をお好きなようでした。一緒にこちらのお茶を飲んだ際、優しい味がすると仰《おっしゃ》って……きっと陛下は、皇太后様のことを想いだされたのだと思います」

永が侍女に二杯目の茉莉花茶を注がせていると、采夏がそう言った。

「私を……？」

茶杯を運ぶ手を止めて永は采夏を見た。

「香は、人の記憶や本能に強く結びついております。皇太后様はいつも茉莉花の香を身に纏《まと》っておいでですから、茉莉花茶の香に触れた陛下は、間違いなく皇太后様のことを想いだされたはずです。そして、とても、優しいお顔をされてました。本当に皇太后様のことをお嫌いになられていたら、茉莉花茶を飲んで、そのようなお顔をされるはずがございません」

「あの子が……」

先日訪れた息子の姿が胸に浮かぶ。

眉間に皺《しわ》を寄せて、難しい顔をする息子。

士瑛《しえい》を亡くしてから、そんな顔をすることが多くなった。

実際行き場のない憤りを抱えているのだろう。

今すぐにでも士瑛の敵を取りたい気持ちを抑え込んでいる。

そしてそれは……。

(弱い、力のない、私のせい)

「そんなはずはない。あの子を苦しめているのは、私だ。あの子の命惜しさに、私はあの子が望まぬことばかりを口にしてきた。あの子は私を恨んでいる」

自分がいるから黒瑛は動けない。

士瑛に続きあの子まで失いたくないと願うばかりに、あの子を縛っている。

自分は、息子の足枷《あしかせ》。

永の心の中にはいつもその想いがあった。

秦漱石や貞花妃をのさばらせているのは、自分の弱さ。

もう家族を、大事な子供を失いたくなくて、道理を貫こうとする息子の足枷になっている。

「陛下とは、何回か一緒にお茶を飲みました。そうすると分かってくることがあります。陛下はそっけない振る舞いをされますが、とても優しくて正直な方です。そんな方が、嫌いな人に対してこれほどのお茶を贈るでしょうか？」

そう言って、采夏は、侍女たちが運んできた茶葉を眺めた。

つられて永も茶葉の山を見る。

「それに、こちらにある茶葉は全て、陛下がたくさんのお茶を飲み比べた上で特別おいしいとおっしゃった茶葉です。私はおいしいお茶を飲んだ時、家族、友人……親しい人たちを思い浮かべます。一緒にこのお茶を飲めたら、どんなに楽しいだろうと想像します。陛下も同じではないでしょうか。自分がおいしいと感じられたから、皇太后様にもそう感じていただきたくてこれらの茶葉を贈られたのではないでしょうか」

優しい采夏の言葉が、すーっと永の心に落ちてくる。

今までしこりのようになってつかえていた気持ちが、動き出した感じがした。

「……あの子が私のことを嫌っていないと、そう思っても、いいの、だろうか」

永は絞り出すようにして小さくそう呟《つぶや》いていた。

喉《のど》の奥が湿ってきて、上手《うま》く言葉が出ない。

柔らかな小さな手を、永はまだ覚えている。

士瑛と黒瑛は、永の何にも代えがたい宝物だった。

乳と陽だまりと汗の匂いのする彼らを守りたかった。

守れると思っていた。

けれど身分も富もない平民の永が産んだ子は、本来なら帝位とは無縁のはずだったのに、後ろ盾のない皇帝のほうが都合のよい秦漱石によって、皇帝に就くことになってしまった。

そして、士瑛は死んだ。

守れなかった。

生まれた時に、何に代えても守ると誓ったのに。

あの胸が張り裂けるような思いはもうしたくない。

だから黒瑛だけは守りたくて、失いたくなくて、自ら進んで足枷になった。

今度、黒瑛が陸翔《りくしょう》と会うと聞いた時も良い顔はしなかった。

可能なら、それもどうにかして止めたかった。

でも本当はずっと、辛かった。

この世界でもっとも愛《いと》しい者に嫌われている。

もっとも愛しい者の自由を自分が奪っている。

それが、辛くて……。

そして足枷になる他、守ってやるすべを知らない弱い自分が悲しかった。

「お二人の詳しいご事情は分かりませんが、陛下は皇太后様の優しさに気付かれていますよ。そしてその優しさを嫌ってはおられません。だって、茉莉花茶を飲む陛下のお顔は本当に安らいでいらっしゃいましたから」

采夏の言葉に、もう涙を止めることはできなかった。

何か堰《せき》を切ったかのように気持ちが溢《あふ》れる。

茉莉花の香を嗅《か》ぐと、永が家族を思い出すように、黒瑛も母を思い出すのかもしれない、そう思っただけで救われた。

そして、同時に理解した。

黒瑛は、大人になったのだ。

なにがなんでも守らなくてはいけない小さなあの子はもういない。

それが身に染みて分かった。

親の浅はかな押し付けを厭《いと》わずに、それも優しさであると受け止めておけるだけの余裕があるのだから。

（そうか。あの子はもう子供ではない。自分が、子の命を何よりも大事に思うのと同じように、黒瑛には黒瑛の大事なものがある。そしてそれを自らの力で守ろうとしている。私が、黒瑛を守ろうとするのと同じように）

嫌われていなかったことの安堵《あんど》と、ずっと子供だと思っていた息子の成長に喜びを感じるとともに抱く何とも言えぬ喪失感。

しばらく、しずしずと涙を流していた永は袖《そで》で涙を拭いて采夏を見た。

「すまぬ。こんなに、泣いてしまって……」

「いいえ。その、私も、たまにおいしいお茶を飲むと、おいしすぎて泣けてくることがあるので、お気持ちはわかります」

「ふふ、お茶のおいしさに泣いたわけではないのだが……でも、そうか、お茶のおかげで気付けたという意味では、そうなのかもしれない」

そう言って永は微《かす》かに笑った後、すぐにまじめな顔をして采夏をまっすぐ見た。

「采夏妃、折り入って頼みたいことがある」

「頼み、ですか？」

「東州《とうしゅう》に向かう陛下についていって欲しい」

「え……!?」

「確かに陛下は強い。身も心も、母である私よりずっと強く成長された。しかし、元々の激しい気性がそう簡単になくなるわけではない。あの子は、信念のためなら自分の命を軽く見るところがある。道中、思わぬことがあった時に無茶をする陛下をお諫《いさ》めし、支えてくれる者が必要なのだ」

「それを、私がですか……？　しかし、私は後宮からは出られないですし……」

「采夏妃を後宮の外に出せるよう私の方で手配をする。そして貴女《あなた》がいない間のことは私が上手くとりなす、それぐらいの力はある」

采夏は戸惑うように眉根を寄せた。

「私に、そのようなこと……何をすればいいのかさえ分かりませんし……」

小さくそう言うと、永は首を横に振った。

「私は采夏妃に特別何かをして欲しいわけではない。ただ側にいて、気が張り詰めすぎたあの子に、お茶を淹《い》れてやって欲しい」

「お茶を？　それならできますが……」

「それにこれは采夏妃の身の安全のためでもある。貴女は現在、貞に狙われている。私の屋敷で匿《かくま》うことはできるが、あの執念深い貞のこと、どうにかして貴女を害そうとするだろう」

「貞花妃様が……。玉芳妃は、どうなります？」

「玉芳妃のことは私にお任せなさい。今回の事件で体を壊したということにし、玉芳妃は私が心陵殿で預かる。貞の恨みを買っているのは、采夏妃。玉芳妃についてはそれほど貞もこだわらない。ならば彼女の身けこの私が必ず守ると約束する」

真摯な目で永は采夏に訴えかける。

采夏の瞳《ひとみ》は、その目を見ながら戸惑いに揺れていた。


皇太后との茶会が終わり、采夏はすらりとした体型の男とともに部屋にいた。

男は虞礫《ぐれき》と名乗り、黒瑛の側近だと言う。

黒瑛が東州に向かう隊列に采夏を紛れ込ませるために、皇太后が引き合わせた男だった。

男は、宦官《かんがん》の官服を采夏に与え、その長い髪を一つにまとめ、化粧を施す。化粧とは言っても、普段妃がするような華やかなものではなく、硬く精悍《せいかん》な顔つきにするためのもの。

つまり、皇帝の隊列に紛れ込むために、采夏は男装をさせられていた。

おかげでなんとか成人前の小柄な少年に見える程度には化けることができた。

采夏は着慣れない灰色の男物の衣を物珍しそうにして見ていると、向かい合うようにして座る礫が口を開く。

「明朝に後宮を発《た》つわよ。陛下にすぐ引き合わせると采夏妃を都に戻そうとするかもしれないから、引き返せない距離まで進んでから会わせる。それまでは、ちょっと狭苦しいところで我慢してもらうことになるわ」

それでも大丈夫？　との問いに、采夏は頷《うなず》いた。

「分かりました」

そう即答する采夏に、礫は少し間の抜けた顔をすると、すぐににやりと笑みを見せた。

「ふふ、陛下ったら、本当に隅に置けないんだから。こんなかわいい子にここまでの覚悟をさせて追いかけさせるなんて」

「覚悟……？」

「だって、そうでしょう？　険しい旅路と分かっていても好いた男と離れたくなくて追いかける！　素敵じゃない！　ああん！　アタシもそんな恋がしたい！」

そう言って、礫は、両頬に手を当て、悶《もだ》えるように体をくねらせた。

礫の言わんとしていることがしばらく分からなかった采夏だったが、にわかに気づき始め、顔を赤らめて慌てて口を開く。

「ち、違います！　ただ、私は皇太后様に頼まれて！　それに行き先が、龍弦《りゅうげん》村と聞きましたし……！」

「あら、龍弦村に何か用でもあるの？」

「用と言いますか、龍弦村はあの龍井茶《ロンジンチャ》を生み出したお茶の名産地ですから、一度行ってみたかったのです」

采夏はそう言って、皇太后から皇帝とともに東州に行ってほしいと言われた時のことを思い出した。

はじめは躊躇《ちゅうちょ》したが、黒瑛の向かう先が東州の龍弦村だと聞いて、皇太后の話しを承諾した。

龍弦村といえば、何を隠そうお茶の名産地。

清明節《せいめいせつ》前に摘んだ茶葉から龍弦村独自の殺青で作られたお茶は、あの皇帝献上茶に選ばれし龍井茶なのである。

その製法を秘匿するため、部外者は立ち入り禁止にするという徹底ぶりで、茶道楽の采夏でさえ踏めなかった地だ。

（あの龍弦村に行けるなんて……！　この機会を逃したらもう一生行けない）

そう龍弦村に想いを馳《は》せてとろけたような顔をする采夏を見て、礫は何か思い違いをしていたようだと、ようやく気づく。

「そういえば、相当なお茶好きって聞いてたわね。……もしかして、陛下を追いかける目的って、陛下ではなくてその龍弦村に行きたいから？」

「それは――」

もちろん！　と即答、するつもりだった。でも、言葉には出ない。

そのことに采夏自身が戸惑った。

いつもの采夏なら、そこはすぐに『お茶のためなのだ』と答える。なのに——。

（……どうして？　こんなこと、今までなかったのに）

采夏は今までずっとお茶を中心に物事を考え、捉《とら》え、行動してきた。

どこかの家に嫁ぐまでは、お茶のために自分の好きなように生きるのだと、決めていた。

だから、おいしいお茶をたらふく飲める後宮を出る理由も、またお茶。そのはずなのに。

（それだけでは、ない気がする。でも、それだけでないのだとしたら私は……）

おいしく采夏のお茶を飲んでくれる黒瑛の顔が浮かぶ。

その先を考えるのが何となく恐ろしくなって、思わず顔を横に振った。

しかし、顔を振ったところで、采夏の中のとある思いが消える気配はない。それどころか、意識すればするほど、大きくなるようで……。

「でも、龍弦村に行きたいから、だけでも、なさそうね」

その様子を見ていた礫が、柔らかい笑みを浮かべている。

何かすべてを見透かす瞳で見られているような気がして、采夏は思わず視線を逸《そ》らした。

本心を見られたような気がした。

お茶以外の何かが、采夏の中で芽生えようとしている。

黒瑛と言う温かな日差しに誘われて、何かが萌《も》え出る音が聞こえる様だった。

※※※

陸翔は小さな食卓に腰を落ち着かせて、お茶を淹れた。

陸翔のいる龍弦村は、皇帝献上茶にも選ばれる銘茶・龍井茶を作る茶葉の一大生産地である。

こうやって風の吹く日には、茶畑から漂う爽やかな生葉の香を楽しめる。

だが、今日は、いつも嗅《か》いでいるのとは少し風味の違うお茶の香が鼻をくすぐった。

茶の爽やかさの奥に香る竹。

先ほど淹れたお茶は、黒瑛皇帝から頂戴した陽羨茶《ようせんちゃ》である。

(まさか、黒瑛様が直接、私の元に来ようとされるとは、なかなか思い切ったことをなさる。私に迷いがあることを悟られたかもしれませんね。……それか、みすみす士瑛様を死なせてしまった私を詰《なじ》りに来られるか……。正直、それでもいい。むしろその方が、ありがたいことかもしれない)

蓋碗《がいわん》から香るお茶の香を吸い込みつつ、かつての教え子でもある前皇帝、士瑛の姿を思い描いた陸翔は、唇を軽く噛《か》んだ。

彼のことを想い出す度に、苦い思いが蘇《よみがえ》る。

士瑛は優秀な生徒だった。

朗らかで、礼に重きを置き、仁に厚く、賢い青年だった。

士瑛が幼少のころから皇帝になるべき器だと陸翔は思っていたが、しかし他にも異母兄がいる彼に帝位が回ることはないとも思っていた。

だが、士瑛は、皇帝になった。

秦漱石によって無理やりに。

秦漱石は三代前の皇帝の時代に頭角を現してきた宦官だった。

当時の皇帝が政治に興味がないことを良《い》いことに、甘言を用いて自分の思うように皇帝を操り腹心にまで上り詰めた。

そしてその皇帝が崩御すると、自分に逆らいそうな他の皇子たちを殺し、御しやすそうな者を帝位に据え、それが崩御すると後ろ盾のない士瑛に目をつけ帝位に就かせた。

生母の力が弱く、穏やかで人当たりの良い士瑛ならば、操りやすいと踏んだのだろう。

実際、秦漱石の権力はその時ですでに皇帝を上回っていた。

しかし士瑛は穏やかであるが愚かではない。

秦漱石に言いようにされぬよう、陸翔は共に尽力した。

——だが、士瑛を失った。

陸翔はその時、知人の伝手《つて》でこの龍弦村に身を寄せていた。

秦漱石に命を狙われ始め、それを危惧《きぐ》した士瑛が、宮中から離れた方が良いと言ってくれたからだ。

龍弦村は、銘茶の産地としてその生産方法などを秘匿するべく、外部との関わりを極力なくしている。

そして、それを許されている珍しい村だ。

身を隠すのにちょうどよかった。

そして、この地に住み始めて、士瑛の訃報《ふほう》を聞いた。

陸翔が宮廷を去ってから少ししてのことだった。

声を出して泣いた。

自分より若く優秀な者の死を嘆き、何故あの時宮廷を、士瑛の側を離れたのかと自分を責めた。

秦漱石を追い落とさなければこの国に未来はないと言って、士瑛を立たせたのは陸翔だった。

あの時、陸翔が何も言わなければ、士瑛は秦漱石を打倒しようとは思わなかったかもしれない。

そうすれば、秦漱石に命を獲《と》られることもなかったかもしれない。

未《いま》だ拭《ぬぐ》えぬ後悔と自責の念。

その想いを振り払うように、陸翔は陽羨茶を口に運んだ。

奥深いお茶の味の後にうっすらと香る竹林の風。

「ああ、おいしい……」

陸翔は誰もいない部屋でそう一人ごちる。

その清廉さが、全ての後悔を押し流してくれたら良かったが、このこびりつくような感情はそう簡単に洗い流されてくれない。

（それにしても、あの悪ガキ、いえ、黒瑛様が陽羨茶を贈るという返しをするのは意外でしたね。正直、私が送った絵の意図すらも読めないのではと思ったのですが……）

黒瑛は、士瑛と比べると相当な悪童だった。

陸翔の話しもほとんど聞かず、どちらかといえば槍《やり》の稽古《けいこ》にばかり熱中していた。

だが、黒瑛が勉学に励まなくとも誰も何も言わなかった。

どう考えても帝位が黒瑛にまで回ってくることはないと見られていたし、本人も帝位に興味がなかった。

となれば、将来はいずれかの異母兄の臣下。知識が薄くとも、武官として仕えればいいのだ。

兄と違って粗野な振る舞いをする黒瑛にはそれが合っているように思えた。

陽羨茶の竹の風味が、昔の教え子の成長ぶりを教えてくれるようで誇らしい。

しかし同時に、何とも言えない不安感が胸を占める。

秦漱石の専横政治がこれ以上続けば国が亡《ほろ》ぶ。

一刻の猶予もない状況だと訴える黒瑛の言い分はもっともだった。

だが、なかなか陸翔は黒瑛の望むような救国策を打てないでいる。

味方の数に不安があるのはもちろんだが、それ以上に陸翔は恐ろしかった。

将来有望な若者を、また己の無力で失うかもしれないことが。

「先生、今よろしいでしょうか」

思わず拳《こぶし》を握りしめたところで、扉の向こうで声がした。

「桂夕《けいせき》ですか。入りなさい」

この地、東州を治める豪族の子らに勉学を教えるというのが、龍弦村に身を置く条件の一つ。

今聞こえてきた声は、教え子であり、東州を治める族長の末の息子の桂夕のものだ。

その桂夕がおどおどとした様子で部屋に入ってきた。

不安そうに眉を寄せている。勉強熱心で、優秀ではあるが臆病な所がある青年だ。

年の頃は二十になったが、あまり体が大きくないためもっと幼く見える。

「陸翔先生、さきほど、龍弦村の茶を買いたいと言って見知らぬ男が来まして……もちろん龍弦村の茶葉は、卸先の商人が決まってるから売れないと言って帰ってはもらったのですが、どうも怪しい気がして」

「怪しい？」

「はい。行商人だと名乗っていたのですが、着ている衣の質が良すぎたのです。それに、村の中の様子を執拗《しつよう》に窺《うかが》うようなこともしていて……あれはただの商人ではないと思います。おそらく……先生を探るために秦漱石が送った刺客なんじゃないかと……」

不安そうな顔をしたのはそう言うことかと、陸翔は納得した。

「なるほど……そう言うことですか。黒瑛様……いいえ、陛下が近くまで来られるということもありますし、秦漱石の配下の者が近辺を探っている可能性は十分高いと言えるでしょう」

「ああ、やはりそうなのですか!?　どうしましょう。秦漱石は恐ろしい人だと聞きます。もし、先生が皇帝陛下と謀反を企《たくら》んでいると知られたら、きっと大変なことになる！」

桂夕は顔色を失《な》くし、怯《おび》えたようにしてそう声を震わせた。

桂夕は洞察力が高く、危険に敏感なのは長所と言えるが、敏感過ぎて臆病だとも言える。何かをする前から悪い想像ばかりをして、結局何も始められず動けない。

「桂夕、落ち着きなさい。それに、謀反を企むというのは違いますよ。謀反と言えるのは、むしろ秦漱石なのですから」

「でも先生！　実際今力があるのは秦漱石の方です。もし企みがあるとばれたら、我が一族は、それにここに住む村の人たちも危ないのでは⁉　それに、今の皇帝は出涸《でが》らし皇帝なんて言われる暗愚との噂です。そんな皇帝が、秦漱石に対抗するなんて……優秀だったという先帝、士瑛様でも敵《かな》わなかったのですよ⁉　出涸らし皇帝が敵うなんて思えません！　先生、今からでも陛下と手を組むのは考え直していただけませんか？」

「それは……」

陸翔は思わず言葉に詰まった。

桂夕の言うことは、陸翔が抱える不安そのものだった。

秦漱石は、士瑛と対峙《たいじ》した時以上に巨大になっている。

それを本当に討てるのだろうか……。

また大事なものを失うことになるのではないか……。

陸翔の迷いを感じ取ったのか、なおも桂夕は言いつのった。

「父上もどうかしてます。出涸らしの陛下が本気で秦漱石を討とうとなさっていたとして、絶対勝てっこないです！」

「桂夕、落ち着きなさい。これ以上は不敬にあたりますよ」

とりあえずは桂夕の言葉を戒めたが、何とも苦い気持ちが残る。

それを紛らわすように陸翔は次に何をすべきかと考えた。

「……とりあえず、このまま龍弦村で陛下をお待ちするのは危険ですから、場所を移ります。北東にある北礼村《ほくれい》の私の邸宅で陛下と落ち合うことにしましょう。その旨を伝える使者を出せば、まだ間に合います」

陸翔の言葉に、桂夕は顔をしかめた。

「先生……！　どうかお考え直しください。私は、先生の身も心配しているのです。先生には、色々と教わった恩がございます！　危険な目に遭わせたくないのです！」

「桂夕、分かってください。確かに危険なことは理解しています。……ですが、このまま何もしなければ、この国に住まう者は皆、毒を浴びたかのようにじわじわと身を亡ぼすことになるのです」

「そんなの……！　今までやってこれたのです。そう急がなくてもよいではないですか！　秦漱石を排除する必要があるのは理解してますが、でももう少し時間をかけてやっても良いのでは!?　それに陛下も、急に会われるだなんて……ことを急ぎ過ぎてるように感じます！」

桂夕が、まるで陸翔が抱える不安を代弁するかのように吐き出す。

急がなくてもいいのではないか。

まだ大丈夫なのではないか。

じっくり慎重に様子を見ても……。

だが、冷静な部分で陸翔は分かっている。

それでは遅すぎるのだ。黒瑛が急ぐのには理由がある。

「……桂夕、急がなくてはならないのです。もう今が限界に近いのですよ。貴方《あなた》はこの地を守る一族の子。周りからの庇護《ひご》ゆえに秦漱石が引き起こした災厄を身近に感じていない。貴方が思っているよりも、もうこの国の人々は疲弊しています」

陸翔の言葉を受け入れられないのか、桂夕は唇を引き結び、いっそ責めるかのように陸翔を見る。

「桂夕、あなたが優しい人であることは分かっています。この地に住む者たちを誰よりも想っていることも。だからこそ、変化を恐れている。しかし、陛下も同じです。国の長として、誰よりも、この国の人たちのことを想っている。だからこそ危険を承知で、私に会いに来られるのです」

陸翔は、桂夕にそう言った。

そしてそれは同時に、己自身に言い聞かせているかのような気持ちでもあった。

第六章　出涸らしの行く末もまた美味

采夏《さいか》は軒車という屋根と覆いのついた馬車に揺られていた。

内装に唐草模様が描かれた絹の布を張り巡らした軒車内は、実に優美と言う他ない。

流石《さすが》は、皇帝が乗る馬車だとあたりを呆《ほう》けたように見渡す采夏に、少々不満そうな声が降ってきた。

「で、なんでお前がここにいるんだ？　采夏妃」

不満の色をありありと顔に浮かべているこの男は、輝くような濃紫の絹に金糸で龍《りゅう》が彩られた豪華な装いをしていた。

この国で龍が刺繍《ししゅう》された衣を着られる人物といえばただ一人、皇帝の黒瑛《こくえい》である。

「皇太后様に頼まれたのです」

采夏が顔を上げてそう答えると、黒瑛は嘆くように顔を上げて小さく「くそ……」と天に不満を投げた。

やはり黒瑛自身は采夏がついてくることは知らなかったらしい。

「突然、専属の小姓を紹介すると言われたと思ったらこういうことか。いまから青禁城《せいきんじょう》に戻るには進み過ぎた。それを狙って今引き合わせたな？　礫《れき》」

黒瑛はぎろりと獣のようなまなざしを采夏の隣の細身の男に流す。

礫と呼ばれた男は身をよじらせた。

「やだぁ。そんなに睨《にら》まれると、アタシ興奮しちゃう」

「興奮するなよ……」

がっくりと肩を下げて、黒瑛は嘆く。

「そんなに怒ったって、アタシが喜ぶだけなの知ってるでしょ？　陛下。それより見て見て、采夏妃の可愛らしいこと。男の衣で覆っても、女性的な魅力が滲《にじ》み出てきて……うぅん、このグッとそそる中性的な美しさ、最高ね！　まるで甘くやわらかな果肉を硬い皮で覆い隠すライチのようだわ。陛下もそう思うでしょう？」

礫は、黒瑛に見せるように采夏の肩をガシッと摑《つか》んだ。

思わず采夏の姿勢がスッと伸びる。

そして黒瑛と目が合った。

まじまじと見詰めてくる黒瑛の視線に耐えかねて、采夏は顔を伏せた。

「すみません陛下。陛下は私が同行することをご存じだとばかり思ってました。もしご不満でしたら一人で戻ります」

「いや、戻るな」

即答だった。

しかも、即答した黒瑛自身が自分の言葉に戸惑ったように目を見開いている。

そしてきまり悪そうに視線を逸《そ》らして、首の後ろを掻《か》いた。

「今さら戻ったって、危ないだろ。ここまで来たんならしょうがない。むしろ、悪いな。巻き込んだみたいで……。というか、母上はなんでお前を寄越したんだ？」

「陛下にお茶を淹《い》れてやって欲しいと言われました」

「お茶を……？」

「はい、それに……後宮の中は危険だと」

采夏がそう言うと、黒瑛は納得したように小さく何度か頷《うなず》いた。

「なるほどな。後宮よりはこっちにいた方が安全ってことか……」

「陛下のご迷惑も考えずに、すみません」

「あ、いや、別に迷惑ってほど迷惑してるわけじゃあ……」

「そうよ、大丈夫。陛下こう見えてめちゃめちゃ嬉《うれ》しそうだもの。ライチみたいで食べちゃいたい貴女《あなた》の魅力にまいってるのよ。貴女と旅ができてウキウキが止まらないって感じ、アタシビシビシ感じてるわよ」

「これ以上変なことを吹き込むのはやめてくれ」

礫の軽口に、再び黒瑛が突っ込む。

なかなか気軽な間柄のように見える二人を、采夏は不思議な気持ちで見つめた。

（陛下はとても気安い方ではあるけれど、礫様とはまた特別な感じがする）

采夏は改めて礫を見た。

年恰好《としかっこう》が黒瑛に似ていて背が高く、縛らずにそのまま背中に流している長い髪は彼の性格を表すかのように少し明るい色だ。

顔の作りに派手さはないがよく整っている。

「お二人は、本当に仲がよろしいのですね」

「あら、気になる？　大丈夫よ。特別な仲であることは間違いないけど、アタシたちまだ肉体的な関係は持ってないの。まあこれから先はわからないけど」

「心身ともに無関係だし、これからもない」

礫の言葉を黒瑛が嫌そうに否定すると、礫が非難がましい視線を送る。

「やだひどい！　采夏妃、こんな男やめときなさい。鬼畜よ鬼畜」

「礫、お前、ほんと、いい加減にしろよ……」

げんなりする黒瑛を見て、満足したらしい礫は改めて采夏を見た。

「采夏妃、改めてよろしくね。アタシと陛下、それに外で馬に乗ってる弟の坦《たん》以外には、妃だと悟られないように。……他の奴らは全員、秦漱石《しんそうせき》の手下みたいなものだから」

と、礫が采夏をまっすぐ見てそう言った。先ほどまでの軽やかな笑みはなく、本気で忠告している。采夏も、茶化すことなく頷いた。

「それにしても、礫様は側近と聞きましたが、宦官《かんがん》なのですか……？」

服装こそ宦官の官服だが、腰のところに剣を隠しているのが見えた。

護身用に刃物を隠し持っている宦官もいなくはないが、珍しい。

それに、礫の体は細身ながら引き締まっている印象だ。

「ああ、アタシはもともと武官なのよ。ただ、秦漱石に目をつけられて、弟と一緒に身を隠していてね。今は宦官のふりをして陛下を支えてるの」

「やはり、武官の方でしたか。体つきは武官らしくお見受けしたのですが、お化粧がお上手だったので皇太后様付きの化粧師兼宦官の方なのかもと」

采夏がそう言うと、礫は黒瑛の方をちらりと見る。

「皇帝陛下と自分と弟の変装用にお化粧の勉強をしたのよ～」

「ああ、そういえば、陛下も宦官に変装されてましたね！　その時も礫様がお手伝いを？」

「そう。でも、今じゃお化粧はアタシの趣味みたいなものだけど。お化粧の話題で皇太后様と盛り上がるし」

「正直俺より、こいつといる時の方が母上は楽しそうにしてる」

采夏と礫が話していると、肘《ひじ》を突き手の甲に顔を預けてけだるそうにしていた黒瑛がそう嘆いた。

「それは、皇太后様の前で陛下が仏頂面だからよ～」

「だいたいお前は、俺の部下だろ。なんで俺の知らないところで母上に使われてるんだよ」

「やだ、独占欲丸出しなんて。男の嫉妬《しっと》はみっともないわよ」

「そういうんじゃない……お前と話すと疲れる」

二人の会話に采夏は思わず笑みを浮かべる。

（陛下、なんだかいきいきしてる……。皇太后様からは支えてくれる人が必要だと言われたけれど、必要なかったのかも）

そう思うと、肩の力が抜けるとともに、少しだけ寂しい気持ちになってしまう。

そんな自分の心の変化に、采夏は思わず苦笑を浮かべた。

「陛下、そろそろ東州に入ります」

軒車の外から、男の声が微《かす》かに聞こえた。

その声を聞いて、黒瑛と礫が目配せをする。

「そろそろ用意しないとね」

礫はそう言うと、いそいそと黒塗りの箱を取り出す。

小さな引き出しがたくさんついたその箱は、礫の化粧道具入れだ。

(どうして化粧道具入れを今開いたのかしら)

采夏の化粧はすでに済ませている。

不思議に思っていると、礫は自らの顔に色々と塗りたくり始めた。

そして化粧によってだんだんと礫の顔が変わってくる。

どこかで見たことのある顔に。いや、どこかで見た顔と言うよりも、今目の前にいる人の顔だ。

「陛下にそっくり……」

思わず、そう声に出していた。

そう、礫の顔は、化粧の力によって、どことなく黒瑛に似てきたのである。

「陛下に似せてるからね。……ほら、陛下ものんびりしてないで、服脱いで用意して」

礫がそう言うと、黒瑛は「はいよ」と言って大きくあくびをしつつ腕を伸ばす。

そして面倒そうに龍紋の入った上衣を脱ぎ始めた。

気づけば礫も自分の宦官服を脱いでいる。

そしてお互い脱いだものを渡して……。

「もしかして、お二人、入れ替わるおつもりだったのですか？」

「これしか方法が思いつかなくてな」

采夏の質問に黒瑛が肯定で返した。

今黒瑛と共に隊列が向かおうとしているのは、東州の中心地だ。そこで行われる東州併合の記念祭に列席するからである。

だが、黒瑛が、周りの宦官たちから逃れて内密に目指したいのは東州の端にある龍弦《りゅうげん》村と言う小さな村だ。

どうやって陛下はこの隊列から離れて龍弦村に行くのだろうかと疑問に思っていたが、まさか入れ替わりをするつもりだったとは。

（大胆なことをなさるわ）

と感心して眺めていると、礫と目が合った。

「引きこもり帝の名に恥じない陛下の日頃の行いがあるからこそできる作戦よ。宦官でさえちゃんと顔を覚えている人がいないの。それにアタシの化粧もあるしね」

そう言った礫は、その身に龍紋の入った紫の衣を着ていた。

顔を化粧でそれっぽくしており、うり二つとは言えずとも、黒瑛にきちんと似せてきている。

黒瑛の顔をしっかり覚えている宦官は少ない上に、軒車の中に籠《こも》っている今の状況なら、この二人の入れ替わりは気づかれないだろう。

「采夏妃はどうする？　俺と一緒に陸翔《りくしょう》に会いに行くか、それともこのまま礫と行くか」

宦官服に身を包み、顔を布で覆った黒瑛からそう問われ、采夏は「陛下と一緒に龍弦村に行きます！」ともちろん即答した。

なにせ彼女の目的は、龍弦村に行くことなのだから。ただ、それだけが目的だとは、もう言えないが。

「え？　ヤダ即答？　寂しい！」

と礫は嘆き、「まあ、俺に茶を淹れに来たわけだしな」と黒瑛がまんざらでもないような顔をした。

※

采夏と黒瑛、そして護衛としてついた礫の弟の坦はひっそりと皇帝陛下のご一行から離れることに成功し、龍弦村に向けて馬に乗り先を急ぐ。

采夏も二人と同様に一人で馬に乗っていた。

(采夏妃は俺と一緒の馬に乗せようと思っていたが、まさか自分で乗れるとは意外だったな……。まあ、その方が馬の負担も少なくて済むからありがたいが……)

黒瑛はそんなことを考え、馬に乗る采夏をまじまじと見て話しかけた。

「まさか馬に乗れるとは思わなかったな。元々騎馬民族である青国《せいこく》の貴族女性は乗馬を嗜《たしな》むことも多いが、そこまで一般的じゃないだろ？」

「そうなのですか？　でも、私は良《い》い茶葉や名水があると聞くとどこへでも駆けつけられるようにしたかったので」

「ああなるほど、茶のためか」

　と、納得したとばかりに頷《うなず》き笑う。

　すがすがしいほどにお茶を中心にして行動する采夏を見ていると、その自由な生きざまに憧れに似た気持ちが、黒瑛の心のうちに湧いてくる。

　その様を傍から見ていた護衛の坦は大きく目を見開き、大仰に驚いた。

「陛下が！　女性に対して！　優し気に！　微笑まれているッ！　あのッ！　陛下がぁっ！」

　坦は、いつも大概大げさな男だ。

「うるせぇよ。俺だって笑うことぐらいあるだろ」

「いいえ、そんな穏やかな微笑み初めて……ハッ！　やはり陛下はその女子《おなご》に惚《ほ》れ……んぎゃ！」

　何事かを口にする坦の後頭部を、黒瑛は思いっきりひっぱたいた。

　兜《かぶと》がずれて顔をしかめる坦を、黒瑛はぎろりと睨《にら》みつける。

「ほら、危ないだろ、馬に乗ってるときは大人しくしてろ。舌嚙《か》むぞ」

「危なかったのは陛下が、頭を叩《たた》いたからなのですが……」

と坦は泣きごとを言いつつ、頭をさする。

そんな二人のやりとりを呆然《ぼうぜん》と見ていた采夏に、黒瑛は再び顔を向けた。

「そういや、バタバタしてて紹介してなかったな。このうるさい男が、坦だ。礫の弟で、まあ、数少ない俺の味方だ。頭は悪いが腕っぷしはなかなかだ。やばい時は頼っていい」

「陛下⁉　頭が悪いは余計では……⁉」

坦は嘆くが、黒瑛は相手にせず前を向く。

「陸翔のいる龍弦村まではもう少しかかる。礫が身代わりをしてくれてるとはいえ、早く戻るに越したことはないから、馬の速度は上げていく」

そう言って黒瑛は馬を速めた。

そうしてしばらく三人で山道を進む。

陸翔のいる龍弦村は、山奥の村だ。

そこで陸翔と今後のことについて話し合う予定になっている。

(まあ、本人は、意思確認の顔合わせ程度だと思ってるかもしれないが、ここまで危険をおかして会うんだ。もっと具体的な話しまで詰めさせてもらう)

陸翔との会談を提案したのは、黒瑛自身だ。

采夏のおかげで陸翔と手を組むことはできた。

手紙で計画のやり取りなどをするようになり、東州の長が黒瑛の味方になってくれるかもしれないという話しになった。

青国は中央集権政治を進めているところだが、国を囲うように存在する東州、西州《せいしゅう》、南州《なんしゅう》、北州《ほくしゅう》の四州については、昔からその地を治めている族長一家の権力が強い。

彼らの力を借りることができれば、力ずくで秦漱石を追い落とせる可能性がある。

しかし、陸翔はあまり積極的に現状を打破しようとする気がないように感じていた。

いや、慎重になりすぎていると言った方が正しいかもしれない。

陸翔は、秦漱石の専横政治を覆すべく、黒瑛の兄であり、当時皇帝だった士瑛《しえい》とともに励んでいたが、それを秦漱石に悟られ逃げるようにして宮中を去った。

そしてその後すぐに、士瑛は亡くなった。

(兄上のことを気にしてるのかもしれないが、秦漱石にいいようにされてる宮廷を早くどうにかしなくてはこの国は潰れる)

陸翔が慎重になる気持ちはわかるが、それでも黒瑛にはのんびりと構えている時間はない。

陸翔との手紙だけでは、秦漱石を追い落とすための計略はのらりくらりと躱《かわ》されていた。

今日の会談で、直接気持ちをぶつけて、陸翔の意志を確認したかった。

黒瑛が考えをまとめたところで顔を上げると、馬に乗る采夏の姿が目に入った。

笑みを浮かべる彼女の横顔は、いつになく活気に満ちている。

「なんだかご機嫌だな」

「ええ！　だって、もうすぐ龍弦村だと思うと、嬉《うれ》しくて……！　茶師にとっては憧れの秘境ですから！」

「秘境……？」

黒瑛は首を傾《かし》げると、坦が隣に並んできた。

「陛下はご存じなかったですか？　陸翔様が身を隠しておられる龍弦村といえば茶の産地として有名な場所なのですよ。しかもその茶の製造方法を秘匿するため関係者以外は立ち入り禁止の聖域。身を置かれる場所を良く考えておられますよね」

坦の説明に黒瑛は思うところができて采夏を見た。

「茶の産地……。采夏妃、母上に言われて来たと聞いたが、もしかして本当の目的はその村ってことか？」

「えっと、別に全部が全部龍弦村に行きたいという気持ちだけではなくてですね。もちろん陛下の御心を慰めるためにお茶を淹《い》れるというのも目的の一つです」

「で、割合はどのくらいだ？」

「……龍弦村の秘境の茶畑に行きたい気持ちが九割ですかね」

「ほとんどじゃないか……」

思わずがっくりと肩を落とす黒瑛を見て、坦がカッと目を大きく開けて采夏を見た。

「おい、女！　陛下ががっかりされているだろ！　嘘《うそ》でもいいから訂正しろ！」

「嘘で訂正されても嬉しくない！」

坦の物言いに黒瑛が呆《あき》れかえって声を荒らげるのを見て、采夏はふふふと笑った。

「ふふ、陛下、冗談ですよ。それにお茶と言うのは、作られた産地の水を使って淹れるとうんとおいしくなるのです。龍井茶《ロンジンチャ》を、この地の水で、陛下と一緒に飲めたらきっととってもおいしいと思うのです。楽しみですね」

あくまでも黒瑛と一緒においしいお茶を飲みたいから龍弦村に行きたいのだと聞こえる采夏の言葉に、まんまと機嫌をよくして黒瑛は笑う。

（まあ、そういうことにしておくか）

そしてその時に坦の警戒する声が響いた。

「陛下！　速度を落としてください、前方に何かいます」

馬の速度を緩めて目を凝らすと、山道の真ん中に何かが横たわっているのが見えた。

猪《いのしし》か何かかと思ったが、よく見ればそれは人だ。しかも、ほぼ裸の。

近くまで行くと馬から下りて、倒れている人物を確かめる。

身に着けている物は、腰布一枚と、竹の水筒。加えて体は泥だらけで、頭から少し血を流している。

どうしたものかと思ったが、このままほうっておくわけにもいかない。

坦が倒れている男を仰向けに寝かせて脈をとる。

「どうやら意識を失っているだけのようです。頭を打ったのでしょうね」

「腰の布と、水筒以外何も身に着けてないってことは、追剝《おいはぎ》にでもあったか」

「そうだと思います。命にかかわる水と腰布だけ残したということは、盗人《ぬすっと》が中途半端に情けをかけたのでしょう」

「……物騒な国になったもんだ」

黒瑛は苦虫を嚙み潰《つぶ》したような気持ちでそう呟《つぶや》く。

長年の宦官《かんがん》による専横政治により国は荒れている。

このような犯罪も多くなっていた。

「いかがいたしましょうか。この男、このまま放置すれば、獣に食われるか、衰弱死か……」

坦はそう言って、黒瑛を見た。

先を急いでいる旅だが、人一人を見捨てるのも気がひける。

だが、陸翔が隠れ住む龍弦村に得体の知れぬ者をこのまま連れてゆくわけにもいかない。

「この男、目は覚ましそうか？　元の居場所が分かればそこまで送り届けるぐらいならしてもいいが……」

黒瑛にそう言われ、坦は男の頰をはたく。

しかし男に目覚めるそぶりはなかった。

「ダメですね……」

坦が苦い顔で首を振る。

「せめて何か手掛かりになるものでも持ってればいいが、持ち物は白い腰布となんの変哲もない竹筒だ。中身もただの水のようだしな」

黒瑛は水筒の中身を確認したが、匂いや色もないただの水だ。

「あの、もしかしたら私、その方がどこから来られたのか大体の位置が分かるかもしれません」

困った、という雰囲気の中で采夏が言った。

「どうやってだ？　まさか、こいつと知り合いか？」

「いいえ、知り合いではありませんが、この方の水筒の中の水があれば、多分、分かると思います」

「水筒の水？」

「はい、その水で、お茶を飲みたく思います」

采夏は笑顔でそう言った。

お茶を飲めば、倒れている男がどこから来たのか分かる。

という采夏の申し出に、まず坦がお茶を飲んで分かるわけがないと吠《ほ》えたが、黒瑛はそれを黙らせた。

黒瑛自身もお茶を飲むだけで倒れている男の素性が分かるわけがないと思うのだが、采夏が嘘を言っているようにも見えず、半信半疑ながらも、一度采夏の言うようにお茶を飲むことにしたのだ。

龍弦村まで急いで行きたいのはやまやまだが、馬も疲弊している。休憩するのにもいい頃合いだ。

黒瑛の命令で、坦が渋々火つけ石などを使って火を熾《おこ》す。

そして采夏はそこで倒れていた男が持っていた水筒の水を沸かし始めた。

(相変わらず、采夏妃の行動は読めないな)

木陰の下で地面に直接胡坐《あぐら》をかいて座った黒瑛は、せっせと茶器を用意している采夏を見た。

「お待たせしました」

そう言って采夏は、三つの茶杯に出来上がったお茶を注ぎ入れる。

色は、ほんのりと色づいた黄金色。

茶杯の色が白だからその微《かす》かな色合いに気付くが、色の濃い茶杯ならばほぼ無色透明に見えるぐらいの淡い色だ。

「これが茶、ですか？　白湯《さゆ》ではなく？」

ほとんど色のないお茶を前にして坦が首を傾げる。

坦の言葉に黒瑛は微かに微笑んだ。

自分も最初にこのお茶を見た時、同じようなことを思った。

「この淡い色の茶は、龍井茶か」

黒瑛にはこのお茶に覚えがあった。

采夏が最初に、黒瑛に淹れてくれたお茶に色合いが似ている。

「はい、その通りです。そして正確には、雨期を過ぎてから摘まれた茶葉で作られていますので雨後龍井茶と言います。陛下が普段飲まれている龍井茶は、明前《ミンチエン》の龍井茶。清明《せいめい》節《せつ》の前に摘まれた茶葉で作られた最高品質のお茶です。明前龍井茶にくらべたら質は劣りますが、こちらの雨後龍井茶も十分においしいお茶です」

「へえ、葉の摘まれる時期で味が変わるのか」

黒瑛はそう言いながら茶杯を持ち上げた。

ほとんど白湯と変わりないほどの薄い色のお茶だというのに、こうやって鼻に近づけると何とも言えない緑茶の香がはっきりと漂ってくる。

そして茶杯に口をつけた。

（……相変わらず、采夏妃の淹れる茶はうまい）

茶杯のお茶を一気に流し込み、喉《のど》から返る息の爽やかさまで堪能《たんのう》しながら黒瑛は思った。

そしてふと、母から言われた『好いた女子《おなご》が淹れるからうまいという話し？』という言葉が蘇《よみがえ》る。

それと同時に、意識がぽーっと遠のく感覚がきた。

（ああ、まただ。また何か夢心地になって……）

そう自覚をしたのに、それは止まらない。

気づけば、黒瑛は辺鄙《へんぴ》な村の小さな土づくりの家にいた。

着ている服もいつものような絹の服ではない。

清潔ではあったが、麻でできた硬いつくりの衣だ。

目の前に囲炉裏があって、鍋《なべ》に湯を沸かしている。

そしてその奥の土間には、女性の背中が見えた。

トントントンと小気味よい音が聞こえる。

朝餉《あさげ》の支度をしているのだろうか。

女は長い髪を一つにまとめ、薄紅色の動きやすそうな衣を着ていた。

その背中を見ると、何かがこみ上げてきて、思わず側に寄って腕を伸ばす。

小さく細い体を抱きしめると、とたんに泣きたくなるほどの幸福感に包まれた。

ずっとこうしたかったのだ。

何もかものしがらみから解放され、愛《いと》しい者とただ一緒に穏やかに生きていけたら、どれほど……。

抱きしめられた女は黒瑛を振り返る。

その顔は……。

「これはおいしい！　これが茶なのですか!?　信じられない！」

坦の驚きの声に思わずハッとして、黒瑛は横を向いた。

その味に感動したらしい坦が、大きな声でお茶を讃《たた》えている。

先ほどまで見えていた幻覚は消え失せていた。

土づくりの家などあろうはずもなく、今いるのは木しかない山中だ。

（また変なのを見てしまった……）

黒瑛はそう思って、正面に顔を向けると采夏がこちらを見ていた。

頰を微かに赤らめ、とろけるような瞳《ひとみ》で、にっこりと微笑みながら。

「本当に陛下は、おいしそうにお茶を飲まれますね」

ほう、と感嘆のため息をつきながら、采夏が言う。

その顔と、そして先ほど見た幻覚で出会った女性の顔が重なった。

パシン！

思わず黒瑛は、自分の頰を平手で打った。

（やばい。俺としたことがなんて甘っちょろい幻覚を……）

黒瑛が自分をはたいた音は思ったよりも大きく、先ほどまでお茶に興奮していた坦も、穏やかに微笑んでいた采夏も、驚いたような顔をして黒瑛を見る。

「へ、陛下!? どうされましたか!?」

坦が慌てて黒瑛のそばによる。

采夏も心配そうに黒瑛を見ていた。

「な、なんでもない。虫がいただけだ、気にするな」

「虫ですと!? おのれ虫め！ 陛下にたかる愚かなる虫は私めが殲滅《せんめつ》してみせます！」

そう言って、坦が黒瑛の周りを警戒し始めたが、もちろん虫がいたから頬を叩《たた》いたわけではない。

そこか、そこかと、何もない空に向かって腕を振り上げる坦に、黒瑛はなんとなく申し訳ない気分になりながら口を開いた。

「虫は、もういい。それより、あれだ……」

と言って言葉を濁し、ここでお茶を飲むことになった本題を思い出す。

「采夏妃、あの男がどこから来たのかわかったのか？」

黒瑛がそう尋ねると、采夏はにっこりと微笑んで頷《うなず》いた。

そして大体わかったので、地図があれば見せてほしいと言ってきた。

お茶を飲んだだけで分かるわけがないとぶつくさ言いつつも、坦がこの地方の簡易的な地図を広げて采夏に見せる。

「我々が今いるのは、この辺りだが」

坦がそう言って、地図の左下の辺りを指し示す。

これから向かう龍弦村はここからさらに北西の方だ。

采夏は、しばらく地図を眺めてから、地図上のとある場所に人差し指を置いた。

川だ。

地図に描かれた北から南に流れる長い川をなぞる。

「倒れている方が水筒に入れていた水は、この川の水です」

「龍千川《りゅうせん》か。どうしてそうだと？」

黒瑛が地図を見ながらそう尋ねる。

「おいしいお茶を淹《い》れるために、各地の名水を集めていた時期がありました。水の質によってお茶の味は大きく変わりますから。先ほど飲んだお茶の味から察するに、水筒の水は龍千川の水に他なりません」

采夏の言葉に坦が難しい顔をした。

「飲んだ水でどこの川か分かるとはにわかに信じがたいが、それは置いておくとして、この川は細く長いぞ。あの水筒の水が龍千川と分かっただけでは範囲が広すぎる！」

「その点も大丈夫です。お茶を飲んだ感じで、川のどの辺りの水なのかも分かります」

「分かるのか!?」

目を見開き驚く坦に、采夏は頷いた。

「はい、お茶の味は、その水に含まれる不純物の量などに影響されます。基本的には上流の川の流れが激しい方の水は不純物が少なく、下流になるほど不純物が増えて水が硬くなります」

そう言いながら采夏は、地図上の龍千川を上から下へなぞってゆく。

「陛下、先ほどのお茶を飲まれた時、どのような感じを受けられましたか?」

「どのような感じって……」

と黒瑛は言いながら、お茶を飲んだ時に見た幻覚を思い出していた。

小さな家に、穏やかな時間、近くには、安らげる人。

(吐きそうなほど甘い幻、だった気がするが……)

しかし今心に残るのは何故か苦い感傷の方が強い。

あの幻は、皇帝である黒瑛の身では、到底叶《かな》うことのない光景だった。

どうあがいても叶わないと知っている夢を見るのは、苦いものなのかもしれない。

そう思ったところで、黒瑛は気づいた。

(いや、あれが苦くて甘いって何言ってんだ。感傷に浸りすぎだろ! 大体あの時一緒にいた女は……）

　何となく気まずい思いをした黒瑛は、慌てて口を開いた。

「……龍井茶らしい甘さももちろんあったが、ちょっと苦かったな」

　早口で黒瑛が答えると采夏はしかり、とばかりに頷いた。

「その通りです。さすがは陛下です。先ほどのお茶には、通常よりもきりりとした苦みを感じました。つまり……」

　采夏が地図の龍千川の上流のあたりを指し示す。

「彼が持っていた水筒は、このあたりの川の水を汲《く》んだものと思われます。不純物が少なく軟らかい水ほど、茶に苦みや渋みが出ます。つまり不純物の少ない上流の水でお茶を淹れると、よりくっきりとした苦みを感じやすく、下流の水では苦みがそれほど強く出ません。下流の水は甘さを感じやすいですが、苦みも含めてお茶の旨《うま》みですので、味としては少し淡泊な印象になります。私のお勧めは、中流ですね。味がぼやけず、甘みと苦みの調和が絶妙です」

「な、なんと！　茶でそこまで分かるものなのか!?　適当なことを言っているのではないだろうな！」

「やめろ、坦。茶のことに関して采夏妃が嘘《うそ》を言うとは思えん。まあ、普通なら考えられんが……采夏妃が言うなら、そうなんだろ」

「へ、陛下!? それほどまでに采夏妃をお認めになられているとは! 陛下がお認めになられているのならば、采夏妃が言うことは正しいということでしょうね。流石《さすが》陛下、人を見る目が天下一!」

「坦、お前のその盲目な感じに讃《たた》えるの、そろそろ恥ずかしいからやめろ」

黒瑛は心底疲れたような顔でそう言ったが、坦には聞こえていないようで、ふむと唸《うな》って空になった茶杯を見た。

「それにしても私は、いつも飲む茶より甘いぐらいに感じてましたが……うむ、しかし陛下まで苦いとおっしゃるなら、そうなのでしょう! 流石は陛下!! 陛下の舌は地上一!」

「おい、だからそれやめろって言ってんだろ。ていうか、俺が流石っていうか、茶を飲むだけでどこの川のどの辺りの水か分かる方がどう考えてもやばいだろ」

どんな時でも主《あるじ》を讃えるのを忘れない坦に呆《あき》れたように黒瑛は言ってから、改めて地図を見た。

采夏が指し示したのは龍千川の上流。

地図上ではその近くに村があるらしく名前が記されている。

北礼村《ほくれい》だ。

これから行く予定の龍弦村と少し離れているが、今いる場所から逆方向と言うわけでもない。

少し遠回りになるが、その村に寄ってから龍弦村に行くのでも時間的に問題なさそうだった。

采夏が一人で馬に乗れるということで、予定より早く移動できたことが幸いした。

「それじゃ、川の上流にある北礼村にいくか。この男の家族や知り合いがいればいいが、いなかったらいなかったでそこに預けておいて俺たちは先に進めばいいしな」

黒瑛がそう言って、北礼村を目指すことになった。

※

山道を通って、三人は北礼村にたどり着いた。

とは言っても北礼村は土嚢《どのう》と石塀で周りを取り囲まれているため、まだ中には入れていない。

「妙に静かですね」

裸同然で倒れていた男を背に乗せた馬を引きながら坦が言った。

先ほどから塀に沿って歩いているが、妙に静まり返っている。

塀の向こうには人の営みがあるはずなのだが、まるで何かを警戒するかのようだった。

「とりあえず門を叩いてみるか」

木の扉がしっかりと閉じられた大きな門を見つけて黒瑛がそう言うと、坦が扉を叩く。しばらくすると、うっすらと扉が開かれて門番が覗《のぞ》いてきた。

「何者だ」

門番からの警戒するような声。

(こんな山奥の村で何をそんなに恐れている……?)

黒瑛はいぶかしんだが、とりあえず馬の背に乗せている男に向かってあごをしゃくった。

「道中にこの男が倒れていた。この村の者ではないかと思って連れてきた」

黒瑛がそう言うと、門番の視線が馬に乗った男に移る。

そしてその目を見開いた。

「桂夕《けいせき》様!」

門番が飛び出してきた。

「どうして裸に!? 生きておられるのですか!?」

門番の慌てようを見るに、倒れていた男はこの村の出身者で、かつそれなりの身分の者なのだと窺《うかが》えた。

「おそらく追剝《おいはぎ》にでもあったんだろ。道端で拾った時にはこの有様《ありさま》だ。簡単に手当てはしたが、まだ意識は戻ってない。息はあるので生きてはいるが」

黒瑛が説明する間も、門番は倒れた男の容態を探るように脈を見たり傷を見たりとせわしない。

ざっと見た限り、黒瑛の言葉に納得できる部分が多かったのだろう。

慌てた様子で黒瑛に頭を下げた。

「ありがとうございます。とりあえず医者に見せなければ……！　誰か頼む！」

気づけば村の人たちも集まってきており、門番の男と一緒に倒れていた男を馬から下ろす。

そうして男は、村人たちの手によって奥へと運ばれていった。

「よかったですね。あの方、こちらの村の出身の方みたいです」

采夏がそう言うと、坦が難しい顔をして顎の下に手を置いた。

「ふうむ。本当にこの村の出身者だったとは……。素性の知れぬ男の正体を見破るとはさすが陛下」

「なんでそこで俺なんだよ」

いつものやり取りを繰り広げたところで、門番の男が黒瑛のところに戻ってきて改めて頭を下げた。

「桂夕様を連れてきてくださってありがとうございました！　どうぞ中へ！　お礼をさせてください！」

「いや、気持ちは嬉《うれ》しいが行くところがあるんだ。悪いがここは遠慮させて……」

「黒瑛様……!?」

黒瑛が門番の誘いを断ろうとしたときに、名を呼ぶ声に遮られた。

（ん？　この声、聞いたことがある……）

黒瑛は、声のした方に顔を向け、そしてその場にいる人を見て驚愕《きょうがく》に目を見開く。

片側だけの眼鏡に、まっすぐな黒髪、知的で整った顔立ちだが目の下に大きな隈《くま》のある不健康そうな顔。

「まさか、お前、陸翔か……!?」

龍弦村にいるはずの陸翔が、そこにいた。

医療の知識がある陸翔は倒れていた桂夕を預かり、黒瑛たちと一緒に自分の邸宅へと向かった。

そして別の部屋に桂夕を寝かせて手当てをした後、陸翔は改めて黒瑛の待つ部屋にて卓に着く。

「あいつ、大丈夫なのか？」

黒瑛が挨拶《あいさつ》もそこそこに、桂夕について尋ねると陸翔は頷《うなず》いた。

「ええ、陛下のおかげでなんとか。そして先ほどは無礼にも拝礼を控えさせていただきましたこと、お詫《わ》びいたします、申し訳ございません。騒ぎになると面倒かと思いましたので」

「ああ、それはいい。分かってる。……それより、陸翔、龍弦村にいるはずのお前が何故ここにいる？」

黒瑛が険しい顔でそう尋ねた。

「実は、龍弦村に秦漱石の手の者が様子を窺いに来たのです。私がここにいるとは知られてないでしょうが、念の為にと陛下が行かれる予定の周辺地域に火種がないか調べているのでしょう。用心深いことです」

「ああ、なるほど。俺の行く先々を調べるってのは本当にアイツらしいな……」

「ええ。その為ひっそりと私はこちらに移動したのですが……」

と言って陸翔は訝《いぶか》し気な目を黒瑛に向けた。

「陛下こそ、どうしてこちらに来られることができたのですか……？　まさか、本当に桂夕が案内を？」

「桂夕ってのは、俺たちが連れて来た男か？」

「はい、そうです。彼はこの周辺の地を治める豪族の一族の者で……。私が場所を移動したことを陛下にお伝えする為に送ろうとした使者を引き留め、自分が代わりに行くと言って出て行ったのです」

「ふーん、なるほど。なら、運が良かったな。陸翔がここにいることを桂夕ってのに直接聞いたわけじゃないんだ。たまたま道端で倒れてたあいつを見つけて……大体の場所が分かりそうだってんで運んできただけだ」

「大体の場所が？」

「ああ、まあ、茶を飲んで……いや言っても信じないだろうから、これ以上聞かないでくれ。で、だ。俺が気になるのは、陸翔のそのなんか浮かない顔だ。そもそも、桂夕ってやつは俺たちをこの村に連れてくる為に村を出たんだろ？　なのに、実際俺たちが来たら腑《ふ》に落ちないって顔をするのはどうしてだ？」

不機嫌そうに黒瑛がそう言うと、陸翔は瞳《ひとみ》を伏せた。

「……桂夕は、陛下と東州が手を結び秦漱石を打倒することに反対だったのですよ。危険過ぎると言って。ですから、彼が他の使者を止めて一人で行ったという報告を受けた時は、おそらく桂夕は嘘の伝令をするか、陛下になにもお伝えしないつもりなのではと思っていたのです」

陸翔がそう言うと黒瑛は顔をしかめた。

「あいつの親は東州の長だったのか？　つまり東州長も反対ってことか？」

「そこはご安心ください。東州長は、協力を惜しまないとおっしゃってます。そのこともあって桂夕はより反発しているのかもしれませんね。手を貸そうとする親に対しても、不満を抱いておりましたから」

「ふーん……。まあいい。経緯はどうあれ、お前のもとに無事来られたんだ、良しとする。それでは早速、本題に入ろう。現状の確認をしたい」

「それは良《い》いですが、彼らは……？」

そう言って陸翔は改めて采夏と坦を見遣《みや》った。

大事な話しをする場にいてもいいのかと問うていた。

「ああ、紹介がまだだったな。こいつらはいても問題ない。こっちは側近の虞《ぐ》坦だ」

黒瑛はまず坦を紹介すると、坦は拱手《きょうしゅ》をする。

「坦と申します。陸翔様のお噂はかねがね伺っておりました！　なにとぞ！　よろしくお願いいたしまする!!」

「ほお、あの虞家の武官でしたか……なるほど」

硬い挨拶をする坦に陸翔は柔らかく笑みを浮かべる。

「そんで、こっちが俺の妃の采夏妃だ」

「……妃？」

不思議そうに陸翔が采夏を見遣る。

何故こんなところに妃なんかを連れてくるのだろうかという疑問の色が瞳に浮かぶ。

「母上が連れていけと言うもんでな」

黒瑛に紹介されて宦官《かんがん》に変装していた采夏は、鼻から下を覆っていた布を外して頭を下げた。

「采夏です。よろしくお願い致します。あの、よろしければお茶でもお淹《い》れしましょうか？」

少々うずうずするようにそう言う采夏を見て、黒瑛の顔は思わず綻《ほころ》んだ。

気を遣ってお茶を淹れるというよりも、お茶を淹れたくて仕方がないと言った様子だ。

「妃様にお茶を淹れさせるなど恐れ多い。私が招いたのですから私が……」

と言った陸翔に、黒瑛が手を挙げて制した。

「采夏妃は茶を淹れるのが好きなんだ。それに彼女の淹れた茶はうまい。采夏妃に任せてもらえるか？」

「陛下がそうおっしゃるなら……。では、茶器類はそこの棚にしまっておりますので、好きに使っていただいてかまいません。お願いできますか？」

「はい！　ありがとうございます！」

采夏は満面の笑みを浮かべて礼をし、足早に先ほど陸翔が示した棚へ向かった。

その背中を黒瑛が、どこか優しそうな目で見つめる。

（おやおや、このような表情を浮かべるようになっていたとは……）

陸翔の知っている黒瑛はもっとツンツンしていた悪童だ。

口調こそ、前からの粗野なものだが、あんな柔らかい表情をするようになったのかと思うと、時の流れと言うものを感じさせる。

「では、ここにいる方々は信用できるとして、話しを進めます」

陸翔はそう仕切り直すように言うと、黒瑛の顔つきが変わった。

(柔らかな表情だけじゃない。良い顔つきになられましたね)

陸翔は、真面目な顔の奥で密《ひそ》かにそう思いながら口を開いた。

「まず、先ほども話しましたが東州の協力は得られました。東州が所持している軍も貸し出してくださるとのことを東州長白らおっしゃっていただいてます。ですが、桂夕のように東州の中でも反対する勢力はあります。軍は借りられて四割ほどとなるでしょうね」

「四割か……。他の地域はどうだ？」

「秦漱石と中立を保っている中南省《ちゅうなんしょう》、中東省《ちゅうとうしょう》とも連絡を取っています。我々が事を起こした際には、秦漱石に与《くみ》せず静観してくださるということで同意を得ることができました。ですが、残念ながら軍を貸すまでには至りません」

「そうか……。秦漱石に味方をしないでくれるだけありがたいが、きついな」

「ええ、現状を省みるに、すぐに事を起こすことは無理と判断せざるを得ないでしょう。陛下自らこの地に来られたとしても、私のこの判断は変わりません」

陸翔に強くそう言われて、黒瑛は眉間に皺《しわ》を寄せた。

黒瑛が直接ここまで足を運んだのは、秦漱石打倒を先延ばしにする提案ばかりをする陸翔の意志を確認するためだ。

こうして陸翔の言い分を改めて聞くに、今、事を起こすのが得策ではないとは分かる。

しかし分かるが、これ以上秦漱石の専横政治が続くことにはもうこの国が耐えられない。

無茶をしてでも、やらなくてはならない。

「状況が厳しいことは分かっている。だがやるしかない。他にきっと手立てもあるはずだ。連絡を取っている地域に俺が直接赴いて協力を取り付けるのはどうだ？」

「危険過ぎます。秦漱石は、貴方《あなた》がこの周辺に来ると言うだけで辺鄙《へんぴ》な村まで密偵を放つほどの用心深さですよ？　必ず悟られるでしょう」

「だが……ああ、そうだ。南州はどうなんだ。さっき話しに出なかったが、南州も中立の立場だったはずだ。それに東州と同じくでかい。所持している軍の数も多い」

期待を込めて黒瑛がそう言うと、陸翔は残念ながらとでも言うように首を振る。

「それが南州は、一族の長のお身内に不幸と言いますか、少し問題があったようで、こちらの話しを聞く余裕がないとのこと。南州の長のお人柄でしたら、助力を得られたでしょうが……少々時期が悪かったようです」

「そうか……」

忌々しそうに舌打ちをする黒瑛を見て、改めて陸翔は身を乗り出した。

「黒瑛様、少し事を起こすのを遅らせませんか？　せめて南州との話し合いができるようになってからでも」

「いいや、これ以上は待てない」

「お気持ちは分かりますが、しかし……」

バタンと大きな音を立てて突然扉が開いた。

黒瑛たちが扉の方を見ると、そこには頭に包帯を巻いた男が立っていた。

「桂夕……？」

陸翔は扉を開けた者の顔を見て不思議そうにそう言った。

桂夕は、その顔を険しくさせてただ事ではない雰囲気を漂わせている。

しかも、陸翔ではなく、まっすぐ黒瑛を見ていた。

「どうして、私なんかを助けたりしたんですか！」

絞り出したような怒声。

桂夕のことを知っている陸翔は、今まで見たことがない彼の様子に言葉を呑《の》んだ。

「なんだ。助けてほしくなかったのか？　なら、道端で見つけた時にそう言ってくれ」

黒瑛が笑みを浮かべてそう言うと、桂夕はキッと眉《まゆ》を吊《つ》り上げた。

「何をそんなに余裕ぶっているのです！　陸翔先生から聞いていないのですか⁉　私は、陛下が陸翔先生と会えないように邪魔をしようとしたんですよ！　罰するべきではないですか⁉」

「らしいな。なんだ、罰してほしいのか？　変わった奴だ。だが、陸翔には会えた。お前がぶっ倒れてたおかげでな。罰する必要なんかないだろ、面倒くさい」

「……⁉　慈悲を見せて名君気取り、というわけですか？」

忌々しそうに桂夕がそう言うと、バンと大きな音を鳴らして卓に両手を打ち付けた坦が立った。

「おのれ！　貴様言わせておけば、陛下に向かって何たる口の利き方だ‼」

坦がそう吠《ほ》え付くと、武官らしい素早い身のこなしで、桂夕の元に行きその胸ぐらを摑《つか》む。

「おい、坦、やめろ」

と黒瑛が制す。

だが、坦は手を離さず、胸元を摑まれた桂夕は息苦しさで顔を歪《ゆが》ませながらも嘲《あざけ》りの笑みを浮かべて口を開いた。

「それとも助けられたからって、私が貴方に協力するとでも思っているんですか⁉　思い上がらないでください‼　出涸《でが》らし皇帝のくせに！」

「桂夕！　貴方何を……！」

桂夕の不遜《ふそん》な態度に、陸翔も席を立った。

そして、ドンと大きな音が響く。

桂夕の胸倉を掴んだ坦が、そのまま彼を壁に叩《たた》きつけた音だった。

「貴様あああああ！　言わせておけば！」

「ぐ、がは」

「坦！　やめろって言ってるだろ！」

「しかし……！」

「俺がやめろって言ってんだ！　いいからそのままその男をこっちに運んで来い！」

黒瑛の言葉に、坦はクッと息を吐いてから、桂夕を壁に押しつける力を弱めた。

そして軽く胸倉を掴んだまま、黒瑛たちが座っている食卓に連れてくる。

「ふん！　陛下の慈悲深さに感謝しろ！」

そう言って、乱暴に桂夕を座らせた。

桂夕はよろけながら辛うじて椅子に腰を落ちつかせる。

「采夏妃、悪いがこいつにも茶を一杯」

「はーい！」

緊迫した場所に采夏の暢気《のんき》な声が響く。

お茶を飲んでいる時の采夏は、基本的にお茶のことしか考えていないため周りの状況に少々疎くなりがちだ。

茶をもう一杯と言われて、嬉《うれ》しそうに碗《わん》に茶葉を入れて湯を注ぎ、蓋を置く。

「どうやら俺に言いたいことがあるみてぇだな、この際だから、言ってみろよ。聞いてやる」

無理やり椅子に座らされた桂夕は、黒瑛の言葉で顔を上げた。

「お前なんかずっと出涸らしらしく引きこもっていればよかったんだ！　皇子時代は優秀だって言われていた先帝だって敵《かな》わなかったんだぞ！　今更出てきたって……お前みたいな出涸らしなんかが、この国を変えられるわけがない！　この、出涸らし皇帝が‼」

と、桂夕が黒瑛に叫ぶように吠え付いた。

そしてそれと同時に、――ガシャン。

硬いものがぶつかり合う音が響く。

この場にいる者の視線が、その音がしたところに集められた。

そこには、蓋つきの碗とそれをしっかり握る采夏の手。

先ほどの音は、采夏が、茶を淹れた蓋碗《がいわん》を勢いよく食卓に置いた音だった。

「すみません、先ほどから気になっていたのですが……もしかして『出涸らし』を悪口のような感じで使っておられますか？」

皆の視線を独り占めした采夏はそう言った。

顔は笑顔だが、目が笑っていない。

怒りがにじみ出ている。

その怒りをまっすぐに浴びることになった桂夕は、「ひえ」と小さく悲鳴を上げた。

「私、出涸らしのことを悪く言う人には少し物申したいことがあるのです！」

采夏は力強くそう言った。

黒瑛は、何かが采夏の逆鱗《げきりん》に触れたっぽいなと悟った。

突然采夏に笑顔ですごまれた桂夕は、戸惑いつつもどうにか口を開く。

「で、出涸らしのことを悪く言う人？　ハハ、つまりは陛下を庇《かば》っているってことですね？　陛下もこんなところまで女を連れてくるなんて、どうかしてますよ。ああしかし、出涸らし皇帝らしいと言えばそうですね」

「陛下を庇ってる？　何を言ってるんですか⁉　私が言ってるのは出涸らしのことです！　出涸らしのことを悪く言うのはやめてください！」

「だから出涸らし皇帝のことを言ってるんですよね⁉　陛下は皇子時代、優秀な兄にいいところを全部持ってかれた無能で愚かな皇子と噂で、付けられたあだ名が出涸らし皇子。それなのに皇帝にまでなって、しかも兄ができなかったことに手を出そうとしてる！　その無謀がどれだけの犠牲を生み出すことか！」

「陛下が無能とか愚かとかそんな話しはしてませんし、それはどうでもいいんです！　私が言っているのは、出涸らしのことです‼」

鼻息荒く采夏が応戦する。

その様を見て黒瑛は微妙な気持ちになった。

「どうでもいいって……正直、桂夕の言葉より、采夏妃のどうでもいいの方が応《こた》えるんだが……俺の悪口にも怒ってくれ」

小さく黒瑛が嘆いていることにも気づかず、采夏は自分が先ほどまで飲んでいた蓋碗を手に取った。

蓋碗でお茶を飲むときは、碗に直接茶葉と湯を入れて作り、茶葉が口の中に入らないように蓋をずらして飲む。

采夏が蓋碗の蓋を開けると、しっとり湿ってくたくたになった茶葉が残っていた。

そして、それを采夏は桂夕に向ける。

「あなたが馬鹿にした出涸らしです。これを食べてみてください」

「な、なにを、そんな突然……だいたい、出涸らしなんて、渋くて苦くて硬くて食べられたものじゃない」

「いいから！　食べてみてください!!」

そう言って采夏は茶碗を更に桂夕の前に近づける。

「な、なんでこんなもの……」

と文句をいいつつも、元来押しに弱い桂夕は茶碗を手に取り、中にあった茶葉を口に入れた。

苦みが来る覚悟で食べたため、眉間《みけん》に皺《しわ》を寄せていたが、出涸らしを口に入れた後少しして表情を変えた。

「あれ？　苦く、ない……？　渋くもないし、というか、むしろ……おいしい」

そう桂夕が思わずつぶやくと、采夏が身を乗り出してきた。

「そうでしょう⁉　出涸らしって、おいしいんですよ！」

「で、でも、出涸らしって確か……硬くて渋くて食えたものじゃなかったはず」

「それは、きっと数煎《せん》しただけの出涸らしなのでしょう。ここは茶の生産地に近いですから、十分に茶葉が確保できます。わずか数煎しただけで茶葉を捨てていたのではないですか？」

「それは、確かにそうですが……そういうものでしょう？　三煎目ぐらいまでは飲めますが、四煎目ともなると味も落ちますし」

「確かにお茶として美味《おい》しいのは二煎目までと言われています。でも、淹れ方によっては、何煎でも味わえます。ちなみに私は煎じるたびに変わるお茶を味わうのが好きなので、同じ茶葉で十煎以上楽しむこともあります。この碗に入っている茶葉はすでに二十煎ほど白湯《さゆ》をお代わりして飲んでました」

「そんなに⁉」

桂夕がそう言って目を丸くすると、その会話を横で聞いていた坦が采夏の近くに置かれた湯の入っていた壺《つぼ》を見た。

「何……!? 白湯を入れていた大きい壺が空になってる!?」

坦のその声を聞いて黒瑛は呆《あき》れたように首を振った。

「あの短い間に二十煎ってどんな手品だよ」

そうわちゃわちゃと外野が何か言っているが、全く耳に入らない采夏は口を開いた。

「お茶を淹れたら淹れた分だけ、残された出涸らしには渋みがなくなってゆきます。かといって無味と言うわけではなくちゃんとお茶の味がし、葉も柔らかくなっておいしくなります。塩を少し付けて食べるのもいいですし、お料理に使っても最高です。何も知らずに、出涸らしを馬鹿にするのは許しません。私は出涸らしも好きですよ」

采夏の言葉に桂夕は目を見開いた。

戸惑っているのか、その瞳《ひとみ》が微《かす》かに揺れる。

そして顔を下げて視線を、碗に残った残りの出涸らしに向けた。

「……出涸らしが、こんなにおいしいなんて……」

思わずという風に、ぽつりとつぶやく。

さきほど出涸らしと共に、少しだけ口に含んだお茶の水が喉を潤してゆく。

その潤いが、桂夕の心を優しく撫《な》でてゆくようで、妙に気持ちが落ち着く。

しばらく黙したのち、再び桂夕は顔を上げた。

「陛下、本当に秦漱石に勝つおつもりですか？　士瑛様でもできなかったことができると、本当に思われますか？」

そう尋ねる桂夕の顔つきが、先ほどまでと違って、静かだった。

「……できるできないなんか俺には分からない。俺が決められることは、やるかやらないかだ。そして俺はやる」

きっぱりと迷いなく言った黒瑛の言葉に、桂夕は眉を寄せた。

「恐く、ないのですか……？」

桂夕の声は震えていた。

「恐怖がないわけじゃない。諦めようとしたことだってある。兄上にできなかったことが俺にできるわけないと思ったこともな。……だが、結局、今俺はここにいる」

黒瑛は危険を冒してここまで来た。

実際、もし桂夕に出会えず龍弦村に向かっていたら、陸翔に会うことも叶《かな》わず秦漱石の手の者に見つかってしまっていただろう。

危険なことだと分かっていながらも、黒瑛はここまで来た。

秦漱石を打倒するために必要だからだ。

「俺もその出涸らしを食べていいか？」

そう言って、桂夕が持っていた碗を手に取った。

そして、指先でひょいと中の出涸らしを摘《つま》むと、口に含む。

皇帝がする振る舞いではなかったが、妙に色っぽく何故か品がある。

そして黒瑛はにやりという風に口角を上げた。

「美味《うま》いな」

そう満足そうに頷いて再び視線を桂夕に向けた。

「確かに俺は出涸らしみたいなもんだ。しかもまだなんか出るんじゃないかって、すっかすかの出涸らしなのにお湯を入れてまた搾《しぼ》り取ろうとしてる。だが、俺は、それでいいと思ってる。出涸らしっていうのは、飲まれれば飲まれるほど美味くなるっていうなら、俺は最高に美味い出涸らしだ。秦漱石を茶に譬《たと》えたとして、そんな美味いお茶が出せるような器じゃない。なら、最高品質の出涸らしの俺なら余裕で倒せるってもんだろ」

桂夕は再び目を見開いた。

陸翔もこれには堪《こら》えきれないとばかりに笑い声をあげる。

「ふ、ふふふ！　これは、上手《うま》いことを言うようになられましたね、黒瑛様」

陸翔は笑い過ぎてまなじりに滲《にじ》む涙を拭いた。そして改めて顔を上げるとまっすぐ桂夕を見る。

「桂夕、貴方《あなた》の負けですよ。貴方では秦漱石を討つという皇帝のお気持ちは変えられないようです」

陸翔が柔らかくそう言うと、桂夕は視線を下に向けた。

悲しんでいるのか怒っているのか、良く分からない表情だが、その顔には、少し前までの険しさはどこにもなかった。

「……実は、出涸《でが》らしって呼ばれていたのは私なんです。兄上も父上もお爺《じい》さまも偉大な人なのに、私は……ただの臆病者で」

「桂夕……」

気づかわし気に名を呼ぶ陸翔に、桂夕は首を振る。

「私はそんな自分が嫌いで、でも変えられなくて。そしたら私と同じ出涸らしと呼ばれていた陛下が、秦漱石を討とうとなさるって聞いて……。焦ったのかもしれません。そしてそんなことできやしない、同じ出涸らしなのにって……。今思えば幼稚な考えに囚《とら》われてました」

桂夕はそう言うと、椅子から降りて床に平伏《ひれふ》した。

「陛下、数々の無礼をお許しください。陛下への協力を良しとしない東州勢力の筆頭は私でした。私自ら考えを変えることで、東州のほとんどの者が協力的になるはず。貸し出せる軍備も増えます。この愚かな私を許してくださるなら、どうか私にも秦漱石を討つ手伝いをさせてください。必ずお役に立ち忠誠を示して見せます」

「それはもちろんかまわないが……しかし急に考えを変えた理由が知りてぇな。まさか出涸らし仲間だからってわけじゃないだろ？」

黒瑛がそういうと、桂夕は微《かす》かに苦い笑みを浮かべる。

「……ご存じの通り私は、山で盗賊に襲われました。その盗賊は、小さな赤子を抱えている男女で……謝りながら、私を襲っていたのです。すぐに分かりました。彼らは、こうしなければ生きてゆけない状況まで追い込まれていたのだと。そして追い込んだのは、悪政を敷く秦漱石と……彼に怯《おび》えて何もできないでいる私自身に他ならない」

そう言って、桂夕はおずおずと顔を上げて采夏を見た。

「そちらの女性の方にも感謝を。無辜《むこ》の民を盗賊に貶《おとし》めてしまった自分の無力に荒れて、陛下を責めることで逃げようとしていました。貴女《あなた》があの時、差し出してくれた出涸らしとそれと共に口に含んだ少しの茶のおかげで、ごちゃごちゃになっていた自分の気持ちに気付けました」

「いえ、私は出涸らしの良さを伝えたかっただけですし。出涸らしのおいしさに気付いていただけたのでしたら、他に言うことはありません」

あっけらかんとした采夏の言いように、ははとおかしそうに桂夕が笑う。

そして再び黒瑛に視線を移した。

真摯《しんし》な瞳だった。そしてすぐに首《こうべ》を垂れる。

「陛下、どうかこの臆病者に、東州の民を助ける機会をお与えください」

涙に濡《ぬ》れる声で桂夕はそう言った。

※※※

「しかし、驚きました。あの桂夕にあそこまで言わせるとは……」

陸翔が、満足そうに微笑みながらそう言ってお茶を口に含む。

桂夕は黒瑛に嘆願した後、眠るようにそのまま倒れてしまった。

病み上がりの体に無理をしたのだろう。

使用人に言って再び桂夕を寝所に運ばせ、またこの部屋には黒瑛たちと陸翔の四人のみとなった。

こぽこぽとお湯を注ぐ音が聞こえる。

采夏が新しい茶葉を碗《わん》に入れて茶を淹《い》れていた。

「楽しそうだなぁ陸翔」

「ええ、それはもう。教え子の成長を目の当たりにした時ほど、胸に来るものはありませんよ。少々悔しいのは、桂夕を奮い立たせたのが私ではなく、陛下と采夏妃のおかげということでしょうか」

「俺は別に何もしてない。どちらかといえば采夏妃の茶だろ。それがきっかけで桂夕の目が変わった」

「それを言うのなら、おいしい出涸らしのおかげですよ、陛下。おいしいお茶には、力があるのです」

のんびりと采夏はそう言うと、陸翔は思わず顔をほころばせた。

(陛下が妃を連れてきていると分かった時は、どうしたものかと思いましたが、なるほど。彼女には何とも言えない力がある。皇太后様が連れて行った方がいいと言われたのも頷《うなず》けますね。しかし采夏妃は……)

陸翔が興味深く采夏を見ながらそう考えていると、黒瑛が「陸翔」と名を呼んだ。

そちらを見ると、まっすぐ射抜くように見つめる黒瑛と目が合った。

「お前も、俺のやろうとしてることには反対か？」

唐突に黒瑛に尋ねられて陸翔は目を丸くする。

「いいえ、私は、そのような……」

何か言いかけた陸翔を黒瑛が睨《にら》みつける。

「俺の前で嘘《うそ》をつくな。あの桂夕って奴が、お前の言いつけを破って他の使者を止めて外に飛び出した時、何かしたか？　俺が桂夕に騙《だま》されて龍弦村に行っていたとしたら、俺の計画は失敗に終わってただろう。そうと分かっていて、お前ほどの男が何も手を打たないわけがない」

黒瑛の言葉に陸翔はぱちぱちと目を瞬《しばた》かせ、そして笑った。

どうやら見抜かれていたらしい。

「陛下は、本当に成長なさいましたね」

しみじみと言う陸翔に、ずっと黙って聞いていた坦がガタンと音をたてて立ち上がった。

「まさか、陸翔様！　陛下を見捨てるおつもりだったのですか!!」

「落ちつけ、坦。どうせ陸翔のことだ。見捨てるというか、試したんだろう、俺を」

黒瑛が呆《あき》れるように言うと、陸翔はにやりと笑った。

「本当に聡《さと》くなられました」

「はっ。お前は隠居してる間に性格が悪くなったな。で、試した結果どうだった」

「龍弦村に行かずこの場に辿《たど》り着いた天運、そして桂夕に見せた覚悟。お見事、と言う他ありません」

そう言って額の前に拱手《きょうしゅ》して頭を下げた。

「そして最後に私の愚行を許すという慈悲を見せていただければ、もう言うことはありませんね」

「まったく、ぬけぬけと……。お前なくして秦漱石は討てないのを分かって言ってるだろ？」

「いいえ、そのようなことは。私も、恐ろしいのですよ。……士瑛様を失ったのは、私の無力のせいなのですから」

陸翔のその言葉に、黒瑛は眉《まゆ》を顰《ひそ》めた。

「陸翔、違う、それは……」

「慰めの言葉は不要です。桂夕の不安は、私の不安でした。しかし、陛下はそれを払ってくださった。この命尽きるまで、心から忠誠を誓い、必ずやお望みを叶えてみせます。むざむざと士瑛様を死なせてしまった私が、お側にお仕えすることをお許しいただけますか」

珍しく陸翔が緊張していることが、黒瑛には分かった。

拱手した手が微《かす》かに震えている。

「……許す」

「ありがとうございます」

「へ、陛下、陸翔様……うっ！　熱い絆《きずな》で結ばれたのですね!!」

坦は、なんとなくノリで泣いた。

「いつまで拱手してるんだ。話したいことがまだある。楽にしろ」

黒瑛がそう言うと、はいと短く返事をして陸翔が椅子に座り直す。

迷いの吹っ切れたいい顔をしていた。

「もう東州の軍のみでもいい。動きたい。勝てる見込みはあるか？」

簡潔な黒瑛の言葉に、陸翔は顎《あご》の下に手をやり、少しばかり思案した後に口を開いた。

「桂夕の協力で、おそらく東州のほとんどの軍備を借りることができましょう。故にまったく勝てないとは言いませんが、しかし、厳しい戦いです」

「だろうな……。だが、やるしかない」

黒瑛は腕を組み直して背もたれに寄りかかった。

味方は増えたが、それでも微々たる助力に過ぎず、中央の政治を握っている秦漱石には届かない。

だが、それでもやるしかない。

嫌な沈黙が続く中、ひたすらお茶を楽しんでいた采夏がハッと顔を上げた。

「あれ？　もうお湯がありません！　あの、私、お湯を貰《もら》ってきてもいいでしょうか？」

「采夏妃、さすがに茶を飲み過ぎではないのか！　今大事な話しをしてるんだぞ！」

坦が呆れたように言うが、采夏は全く気にせず陸翔を見る。お湯いただけます？　の目で。

「お湯ですか？　ええ、もちろん。すぐに持ってこさせましょう」

「あ、私も手伝います。二瓶分ぐらいは欲しいので」

「え……二瓶もお湯を用意してどうするのです？」

「え……お茶を飲むに決まってると思うのですが？」

「……二瓶も飲むんですか？」

「もちろんです」

「信じられないだろうが、こいつが飲むと言えば本当に飲むからな。お前が持ってる茶葉が全部なくなると覚悟しといた方がいいぞ」

黒瑛が横からそう口を出すと、おやと言う顔をして陸翔は笑った。

「ははは、それはすごい。かの有名な南州の茶道楽姫のようですね。それほどの飲みっぷりなら逆に見てみたい。それでは、外にいる者に言って台所まで案内してもらってください。湯は台所で用意できますので」

陸翔にそう言われて、采夏はぱあっと花が咲いたように顔を綻《ほころ》ばせた。

「坦、お前も手伝え。采夏妃一人では重いだろうからな」

黒瑛にそう言われて坦は短く返事をすると、采夏とともに部屋から出ていった。

二人の背中を見送って、陸翔は薄く微笑む。

「いやあ、可愛らしいお嬢さんですね」

「何だよ、その顔」

ニヤニヤした笑みを浮かべる陸翔を黒瑛がねめつけた。

「いえ、なかなか隅に置けないなと思いまして。……しかし、彼女のことはどうするおつもりですか？　相当気にいっておられるようではありますが、彼女は秦漱石が作った後宮の妃。つまりは平民なのでしょう？」

　今の後宮にいる妃は、秦漱石によってふるいにかけられているため全て平民の出だ。つまり、黒瑛が欲している後ろ盾になれるような血筋の妃はいない。

　黒瑛の母親の永《えい》皇太后も平民だったため、黒瑛にはいざという時に頼れる力ある外戚がいない。外戚が強くなりすぎるのも国を乱すが、弱すぎれば秦漱石のような乱臣をのさばらせることにつながる。

　今の黒瑛には、力ある外戚が必要で、それを得るためには名家の娘を皇后に娶《めと》る必要があった。

「ああ、そうだ。采夏妃は、平民の生まれだ。だが……」

「いけません。彼女は皇后にできませんよ」

　陸翔は苦悩している様子の黒瑛に向かって心を鬼にしてそう制した。

　そして、ショックを受けている様子の黒瑛に改めて口を開く。

「ですが、皇后にはできなくとも、后妃として扱うことに問題はありません。四大妃の一人に据えてもいいでしょう」

　そう優しく諭すように言う。

「それは、無理だ……」

苦々しく答える黒瑛を見て、陸翔は訝《いぶか》し気に首をひねる。

「何故ですか？」

「采夏妃は、それでは承知しない。それに、約束をした。俺が実権を手に入れたら、采夏妃を後宮から放つと」

陸翔は目を見開いた。

「……どういうことですか？」

「采夏妃は、間違えて後宮に入ってきたんだ。本当は茶師を続けたいらしい。俺も、采夏妃にはそうしてほしいと思ってる。だから約束をした。……四大妃なんていう中途半端な立場で、采夏妃をとどめることなどできはしない。まあ、皇后にしたからと言ってとどまってくれる気もしないんだが……」

そう呟《つぶや》く黒瑛の顔があまりにも辛《つら》そうで、思わず陸翔は視線を逸《そ》らした。

（もし秦漱石が居なければ、黒瑛様が帝位につくことはなかった。そうしたら、きっと身分など関係なく、好いた女と一緒になることもできたでしょうに……運命とはかくも残酷なものですね）

陸翔は、皇子時代の奔放な彼を知っているからこそ、悲しくなった。

慕っていた兄、自由な暮らし、そして愛する女性。秦漱石は、黒瑛からどれほどのものを奪っていけば気が済むのだろうか。

「そうでしたか……。そこまで考えているのでしたら、私はもう何も言いません。……まあ少々、いえ、かなり惜しい気持ちにはなりますけどね。采夏妃は、変わったところがありますが、品も良いですし、四大妃として妃の手本となるには十分な素養はもっているかと。ちなみに彼女の出身はどこなのですか？」

「南州の茶農家の娘らしい」

「そうですか、茶農家。だからあれほど茶が好きで……ん？」

陸翔は途中で何かに引っかかったのか、首をひねった。

「茶？　采夏……？　しかも、南州。それにあの、茶に対する異様な執着……まさか」

そう言って陸翔は、ハッとして目を見開き黒瑛を見た。

「陛下も人がお悪い！　私を騙そうとするとは……！　それに陛下の演技力も大したものです。まったく……私としたことがまんまと騙されましたよ」

破顔してそう言う陸翔に、黒瑛は訝しみながら首をひねる。

「は？　何を言っているんだ？」

「なんです？　まだ続けるおつもりなのですか？　もうそんな暇はないでしょう。すぐにでも、秦漱石を討ちに行かないといけないのですから」

陸翔が、笑いながらそう言った。

第七章　茶道楽は新しいお茶に想いを馳せる

采夏《さいか》たちは陸翔《りくしょう》の家でたっぷりお茶を飲んだ後、その日のうちに北礼《ほくれい》村を出て黒瑛《こくえい》の身代わりとなった礫《れき》のいる隊列に戻った。

当初の目的地だった龍弦《りゅうげん》村には行けず仕舞いなことに采夏は少々がっかりしたが、陸翔のところで一生分の龍井茶《ロンジンチャ》を飲めたので良しとした。

しかし予想外だったのは、皇帝の隊列に戻るやいなや、近くで異民族の襲撃があったという報《しら》せを受けたことだ。

その報せを受けて、黒瑛は今いる手勢を連れて駆けつけ、采夏は危険だからと宮中に戻ることになった。

そうして何がなんだか分からないまま、あっという間に再び帰ってきた後宮。

予想以上に早い采夏の帰りに皇太后は少々戸惑っていたが、玉芳《ぎょくほう》は手放しで喜んでくれた。

貞《てい》から身を隠すため、皇太后の屋敷にいたらしい玉芳。

最後に会った時は青い顔をして儚《はかな》げだったが、今では生来の元気の良さがにじみ出ていて肌色も良《い》い。

むしろ前より良い。

采夏がそのことを指摘すると、玉芳はニッと笑って二胡《ニコ》を掲げて見せた。

真新しいピカピカの二胡である。

どうやら壊れた二胡の代わりに皇太后が新しいものを用意してくれたらしい。

しかも、最高級品だと見てすぐわかる類《たぐい》のもの。

玉芳は、こんなにいい楽器が持てるんだったら、壊してくれた貞に感謝しないとねと言って意地悪く笑っていた。

そうして懐かしい人たちと再会した采夏は、そのまま皇太后の殿にて、玉芳とともにこそこそと身を隠しながら住まうことになった。

こそこそとするのは、もちろん貞を警戒してだ。

未《いま》だに貞は、皇太后の殿に引きこもっている（ということになっている）采夏を見つけ出すため探りを入れているらしい。

采夏も、面倒なことは避けたいので、大人しく殿の中でお茶を飲んで過ごしていた。

お茶さえあれば心やすらかに暮らせるのは、采夏の特技である。

（それにしても……陛下は今頃何をされてるのやら）

異民族の襲撃とは聞いていたが、それだけではないような予感がした。

黒瑛は明らかに何かを隠している。

そして、黒瑛が何かをするのなら、狙いは秦漱石《しんそうせき》関係だろう。

そこまで考えて、采夏は以前黒瑛とした約束を思い出した。

黒瑛が政権を取り戻したら、お茶に理解のある男を紹介してくれるという約束。

確かにお茶に理解のある夫と巡り合えたら、采夏は茶師を続けられるかもしれない。

だが……。

そこでふと、とある人の顔が浮かぶ。

采夏の淹《い》れたお茶を誰よりも、おいしそうに飲んでくれた人の顔。

「あ、采夏、こんなところにいたの」

台所にある卓でお茶を飲みつつ物思いにふけっていた采夏がハッとして顔を上げると、玉芳がいた。

一抱えほどある竹籠《たけかご》を持っている。

「玉芳妃、その籠はどうしたのですか？」

「実はさ、渡さなきゃいけないものがあって。今まで渡すの忘れてたのよ。いらないかもしれないけど」

そう言って玉芳は、持っていた竹籠を差し出した。

その籠から何とも言えない深くまろやかな香が漂い、意識を奪われる。

「え？　この匂いは……」

（お茶の香？　いえ、お茶にしては、花に似た甘さがあって、深い……）

今まで嗅《か》いだことがない香に戸惑いながらも、籠を受け取った采夏は、恐る恐る蓋を開ける。

すると、先ほど微《かす》かに香った芳醇《ほうじゅん》な香がぶわっと全面に広がった。

甘く、深い、天にも昇るような華やかさなのに、角がなくてまろみのある香が采夏の頭を支配する。

香だけで、体中が浄化されたかと、思った。

どうにか意識を保って籠の中身を見るとそこには、周辺だけ赤茶に染まった小さな葉や芽。

これは。

「もしかして、あの時池に落とした采夏岩茶《がんちゃ》の葉ですか？」

信じられない気持ちでそう聞くと、玉芳が頷《うなず》いた。

「そう。あの後、綺麗《きれい》なものだけでもって思って拾っといたの。采夏の大事なものだって聞いてたし。まあ、今の今まで渡すの忘れてたんだけど、ごめんね！」

玉芳はテヘッと笑って舌をペロッと出した。

采夏は采夏で渡された赤茶に染まる茶葉に釘付《くぎづ》けだ。

「これは、もしかして……」

呆然《ぼうぜん》とした顔で呟いた采夏はハッと顔を上げた。

「釜《かま》よ！　釜を探して!!」

「え？　釜？」

「そうよ、炒《い》らなきゃ！　これを炒らなきゃ!!」

采夏は、興奮した声でそう言った。

※

采夏は、玉芳が止めるのも聞かず、外にある大竈《おおかまど》を使って葉を炒り始めた。

中の台所にも火鉢はあるが、大きな釜を斜めに置いてより高温で炒りたい采夏には、外に設置された大きい竈が必要だった。

傾いた釜の中で、均等に熱が行きわたるよう、お茶の葉を掻《か》き回しながら丁寧に丁寧に炒っていく。

葉を炒る殺青《さっせい》と言う作業だ。

この作業を通しておいしい茶葉となり、お茶になる。

采夏は一心不乱に炒っていくが、側にいる玉芳は正直気が気でなかった。

（どうしよう。ここにいたら、貞花妃《かひ》に采夏がいることがばれちゃう）

ここは、皇太后の住まう屋敷の庭のようなところになるが、周りの生垣の木々の隙間から、自分たちの姿が見られてしまう位置だ。

つまり、外にいる者に采夏の姿が見えてしまう。

貞に采夏が今ここにいることが知られてしまう。

しかし、玉芳が止めても采夏は止まらない。

何かに取り憑《つ》かれたように葉を炒り続ける。

そうこうしているうちに、緑色だった茶葉の色が青みがかってきた。

そこでやっと采夏の動きが止まる。

「采夏、もう気が済んだ？　そろそろ中に戻らないとやばいよ。今日は、朝から皇太后様もここにはいらっしゃらないし、貞花妃に気付かれたら……！」

玉芳がそう言った時、ザクザクと砂利を踏みしめる音が聞こえてきた。

玉芳が嫌な予感に駆られながら顔を上げると、そこには、獲物を見つけたと言わんばかりに采夏を見つめて歪《いびつ》な笑みを浮かべる貞がいた。

（ああ、遅かった……！）

玉芳の心配が当たってしまった。

皇太后がいないのを良いことに、勝手に心陵殿《しんりょうでん》に入ってきたらしい。

「あら、もうこそこそ隠れるのはやめたの？　采夏妃」

「貞花妃様！　ここは皇太后様のいらっしゃる心陵殿よ！　花妃と言えど勝手に入ることは許されないわ！」

玉芳がそう言って前に出ると貞を睨《にら》みつけた。

「お黙り！　このわらわに！　許されないことなんてないのよ！」

貞の怒声のその迫力に、思わず玉芳は口を閉じる。

「本当に忌々しい。陛下の次は、皇太后様の機嫌をとって、わらわに勝ったつもりでいるの？　この薄汚い貧乏人の女狐め！」

貞は牙をむき出しにするようにそう叫ぶ。

恐ろしい迫力だった。執念を感じた。

思わず玉芳は、一歩下がる。

しかし、この怒声を直接ぶつけられたはずの采夏本人は一歩も動いていなかった。

それどころか……。

「この香……本当に、これが、私が作った采夏岩茶？　信じられない」

炒ったお茶の葉を指で揉《も》みながら、そこから漂う香に陶然とした顔をしていた。

まるで貞のことなど見ていない。

どうでもよいと言いたげな態度に、貞はますます怒りで顔を赤らめた。

「お前！　わらわを馬鹿にするのもいい加減にしなさいよ！　この貧乏人の芋くさい女が!!」

「え？　芋くさい？　いいえ、これは間違いなくお茶の匂い、ええ！　そう！」

感極まった采夏がそう言って顔を上げた。そして、やっと、貞を見た。

「あら、これは貞花妃様。ご機嫌いか……ご機嫌はとても悪そうですね」

采夏のその言葉は、暢気《のんき》な声に聞こえた。

殺伐としているこの空気には不釣り合いなほどに。

（采夏、めちゃくちゃ煽《あお》るじゃん！）

玉芳は内心でそう嘆いて頭が痛くなった。

そして玉芳が思った通り、采夏のなんともなさそうなその様がまた貞の怒りを増す。

「お前は！　どれほど、わらわを馬鹿にするつもりなの!?」

激昂《げきこう》して貞は叫んだ。

髪を振り乱し取り乱す貞に、玉芳はもちろん、貞の侍女たちですら戸惑っていた。

「ああ、もういいわ！　殺してやる！　お前がいると、わらわはちっとも楽しめない！　お前たち！　采夏を捕らえろ！　惨《むご》たらしく殺してやる！」

貞は戸惑う侍女二人にそう命じた。

しかし、侍女二人は、びくりと肩を揺らし恐怖を顔に貼り付ける。

「お、恐れながら、貞花妃様、采夏妃様は皇太后様の保護の下にいらっしゃいます。危害でも加えたら……ギャ」

怯《おび》えながら物申した侍女の髪を貞は勢いよく摑《つか》み、女の力とは思えぬほど乱暴に腕を振って侍女を引き倒した。

「お前まで！　わらわに歯向かう気⁉」

貞はそう言って、地に倒れる侍女の髪を引っ張り続ける。

ヒイヒイと侍女の口から悲痛な声が漏れてゆく。

「痛い！　痛いー！　お許しください、お許しを……！」

痛みを堪《こら》えながら、許しを懇願する様を見て、玉芳は「なんてむごい」と小さくこぼした。

正直、貞の怒りは常軌を逸している。

「貞花妃様、どうしたのですか？　そんなに大きな声を出して……あ、そうです！　お茶を飲み足りないのではないですか？　お気持ち分かります」

采夏はいいことを思いついたとばかりにそう言った。

その顔は、どうして貞がこのように怒っているのか全く分からないと言いたげだ。

（采夏、お願い黙ってー！　これ以上貞花妃を煽らないでー！）

玉芳はそう願ったが、きっともう遅い。

唇を血が出るまで噛《か》みしめて恨めし気に采夏を睨む貞がいた。

※

貞は采夏を信じられないものを見るような目で見た。

後宮に入ってからというもの、貞に対していい加減な振る舞いをする者はいなかった。

誰もが貞の顔色を窺《うかが》い、機嫌を取ろうと必死になって讃《たた》えてくれた。

無視する者もいなければ、蔑《ないがし》ろにする者もあろうはずがなく、貞がこの後宮の中心だった。

それなのに……。

あまりのことに力が抜けて、摑んでいた侍女の髪が、貞の手から滑り落ちる。

そして采夏を睨み据えたまま、貞は一歩進む。

「お前、一体、なんなの……？」

貞の声は消え入りそうなほど細かった。

采夏にまた一歩近づく。

この女を放置してはいけない、強くそう思った。

「陛下の寵愛《ちょうあい》を受けたからって、わらわより上に立ったとでも言いたいの？」

また一歩。

己はそこらへんの有象無象とは違う。

「わらわを見下す者は、全員死ねばいいのだわ」

どす黒い声が、貞の口から漏れてゆく。

もう采夏と貞は目と鼻の先にいた。

そして、采夏は指先で何かをつまむとそれを貞の目の前に掲げた。

青みがかったそれは、采夏が先ほど炒っていた茶葉。

「貞花妃様、これを見てください。いいえ、嗅《か》いでください。とうとう完成したんです。よくよく思い返せば、これもすべて、貞花妃様が、あの時茶葉を地に落とし、踏みつけ、晒《さら》してくださったおかげです」

そう言った采夏の目が輝いていた。声もはねるように軽やか。

本気で、貞に感謝を示しているのだと分かる、満面の笑み。

そのキラキラとした目を見て、貞の中のどす黒い感情がよりくっきりと浮き彫りになってゆく。

「すぐに殺青するのではなく、葉っぱを揉《も》みこみ、かつじっくりと寝かせることで、茶葉の旨《うま》みを引き出すことができたのです！」

恍惚《こうこつ》の表情でそう言う采夏の瞳《ひとみ》は、目の前の茶葉に夢中だ。

貞は歯嚙みした。
この後宮と言う世界で、最も尊いのは自分なのに。
こんな女を、こんな存在を許せるはずがない。
「おまええええ！」
貞の金切り声が響く。
手を振り上げた。
この目の前の邪魔でしかない存在を排除するために。
しかし。
「そこまでだ。貞花妃」
低く重みのある男の声。
貞は、ハッとして後ろを振り向いた。
采夏に向かって振り下ろそうとした手が何者かに摑まれて止められている。
そしてその者を見て、目を丸くさせた。
柳眉に、猛禽《もうきん》類を思わせる鋭い眼差《まなざ》し、つややかな黒い髪の美丈夫がいた。
貞はまずその容姿の美しさに思わず見惚《みと》れた。
そして、すぐにその人が着ている衣を見て、気づいた。
輝くような濃紫の衣には、金糸で龍《りゅう》が繊細に刺繡《ししゅう》されていた。

この国で龍紋様が金糸で縫われた衣を着られるのは、青国《せいこく》の皇帝陛下ただ一人だ。

「へ、陛下……」

貞は何が何だか分からぬまま、そうかすれた声を出した。

「捜したぞ、貞花妃。どうして花陵殿《かりょうでん》にいるはずの花妃がここにいるんだ？」

皇帝、黒瑛は落ち着いた声でそう言った。

最初こそ戸惑って頭が回らなかった貞だったが、皇帝の言葉ににわかに笑みを浮かべた。

「わらわを捜されていたということは、わらわのところにお越しになられるのですね⁉

ああ、陛下、この時をどれほど待ちわびていたことでしょう！」

陛下が来た。後宮で一番美しい自分の元に。

これでやっと、後宮と言う世界で最も尊い存在になれる。

貞は勝利に酔いしれていた。

今まで一度も渡りに来ない皇帝を恨めしく思う日もあったが、こうやって来てくれたのだからもういい。

全て許してやろうと、そう思った。

「待ちわびていた……？　ほう、待っていたとは物分かりがいい。貞花妃。いや、罪人、貞よ」

キラキラと輝いて見えた皇帝の口から、貞には理解できない言葉が漏れた。

「ざい、にん……？」

分からなかった単語を繰り返す。

それに、先ほどまで優し気に聞こえた皇帝の口調は、今ではどこか冷たい。

「お前は、伯父《おじ》と共に罪を拭《ぬぐ》え」

「陛下、一体何を……キャ！　い、痛い！　何をする!?」

武装をした男たちが、貞の腕を乱暴に引っ張った。

貞は混乱した。

「何!?　何をしているの!?　無礼者!!　陛下！　陛下お助けください！」

そう叫びながら陛下の姿を追うが、彼はもうこちらを見ていない。

こんなに叫んでいるのに。

恐る恐る周りを見ると、たくさんの男たちがいた。剣を帯刀している。武官だ。

状況を把握したいのに、余りの事に頭が混乱して何が何だかわからない。

そして、貞はある人を見て、思わず目を見開いた。

「お、伯父様!!」

貞と同じように、後ろで手の動きを封じられた秦漱石がいた。

縄が厳重に巻かれ、頭から血が流れている。

生きてはいるようだが、顔色がひどい。

「どうして、伯父様が!?　伯父様は、だって、伯父様は、この宮中で最も力のある……」

「最も、なんだって？」

貞の言葉は最後まで続かなかった。

皇帝がそう言って振り返り、貞を心底軽蔑《けいべつ》するように睨《にら》みつけていたからだ。

そしてやっと理解した。

皇帝が、伯父である秦漱石を討ち、政権を手に入れたのだと。

「おお、貞、貞よ……」

貞はハッとして声のした方へと顔を向ける。伯父の秦漱石と目が合った。

何とかして伯父を自由にしなければ。貞は強くそう思った。

伯父を助ければ自分も助かる。伯父が助けてくれる。今までだってどん底の生活から拾い上げてくれたのは、伯父だ。

貞は秦漱石の呼びかけに応じるようにして、押さえつける武官の手を振り払った。

咄嗟《とっさ》の出来事に武官は反応できず、そのまま貞はするりと武官の手から抜け出した。そしてその足で秦漱石の元へと駆け出す。

「伯父様……！」

そう言って、秦漱石を捕らえている武官の男に貞はそのまま体当たりをした。

突然の体当たりを受けた武官は、倒れはしなかったものの、予想もしない衝撃に微《かす》かに傾いだ。

そしてその一瞬の隙を逃さず、秦漱石は男の手から逃れた。

贅肉《ぜいにく》に覆われた男の体とは思えぬほどに俊敏な動きで、駆け出す。

地面に倒れ込んだ貞が、その姿を見て助かったと口角を上げた。

これで、伯父が助けてくれる。元通り、今まで通り。安全で贅沢《ぜいたく》で誰にも虐《しいた》げられない生活が戻る。

貞は、手を伸ばした。駆けていく伯父の背中に向けて。

しかし、走り出した秦漱石は、貞の手を取ることも、振り返ることもなかった。

彼の手は、まっすぐ、別の人物に向かっていく。

「動くなぁあああ！　この女の命が惜しくば、動くな！」

秦漱石は、手を伸ばして捕まえた人物を抱えながらそう叫んだ。

手には隠し持っていた短剣を握り、その刃を捕らえた人物——采夏の首に当てている。

つまり采夏を人質に取ったのだ。

「秦漱石、貴様……！」

と皇帝は顔に憎悪の色をはっきりと浮かべて秦漱石を睨みつけた。

「お、伯父様……！　私も連れて行ってくれるのでしょ？」

貞はそう言いながらよろよろと上体を起こす。

「お前も動くな。この使えない小娘が」

冷たい声が降りてきた。貞をどん底から助けてくれるはずの秦漱石の口から。

「……え？」

貞は何を言われたのか理解できず、口から間の抜けた声を漏らす。

「何かに使えるかと思ってどぶから拾ってやったというのに、一度も皇帝から寵《ちょう》を受けることもできないとはな！　まったくお前のような薄汚いものを拾うのではなかったわ！」

「お、伯父様……？　何を言って……？　助けてくれるのでしょう？」

「助ける？　そんなことするわけがないだろうが！　ここでお前は野たれ死ね！　わしの足手まといにしかならぬわ！」

貞は、呆然《ぼうぜん》とした。何かを言おうとして口を開けたが声は出ない。

にわかに、秦漱石の言葉を貞は理解し始めていた。

つまり自分が、見捨てられようとしていることを。

——後宮に入る前、貞は盗みをして生きてきた。

酒におぼれて仕事をしない父と母の代わりに、盗みで小銭を稼ぐのが、貞の仕事だった。

父は、盗みに失敗して銭を稼げなかった時、貞を容赦なく叩《たた》いた。

母は庇《かば》ってもくれない。うまく盗めなかった貞が悪いのだと責めた。

貞は虐げられ、利用されて生きてきた。

しかしそれが伯父の登場で一変する。

華やかな後宮に連れてこられた。ひもじい思いをしなくてもいい。誰にも叩かれることもない。何を言っても怒られない。

ここにある物は全部自分のもの。何をしてもいい。そう教えられた。

虐げられ、利用されるだけの生活は終わったのだ。

そう思っていた。だが、違った。

後宮に来ても結局は今までと同じ。利用されていただけだ。

利用しようとしてくる奴らが、父母から伯父に変わっただけだったと、貞は悟った。

※

「この娘の命が惜しかったら、武器を捨てて全員地面に伏せろ！」

秦漱石は、采夏を人質にとりながらそう叫んだ。

「っ！　このくそ野郎……！　采夏妃を解放しろ！」

皇帝が怒声をあげてきたが、それで大人しくはいそうですかと言うことを聞くわけがない。

今秦漱石が抱えている女こそが、この先の彼の命運を握っているのだから。

「陛下、悪態をついている場合ですか？　貴方《あなた》の寵妃《ちょうひ》がどうなってもよいと？」

そう言って、秦漱石は脅すように采夏の首に当てた短剣をさらに押しつける。うっすらと采夏の首に血の筋ができて、黒瑛は息を呑《の》んだ。

「采夏妃……！」

「陛下、私のことは……」

「黙れ！　何もしゃべるな！」

采夏が何か言おうとしたのを秦漱石が止めた。

正直、秦漱石にとって、今は賭けだ。

一人の女のために、自分を見逃してくれるかどうかは、皇帝次第。

周りにいる武官は、どう動けばいいか判断できず皇帝を見ている。

皇帝は苦々しい顔をした後、何かを押し殺すように小さく息を吐いた。

そして言った。

「みな、武器を捨てよ。そして地に伏せるんだ」

皇帝の言葉を聞いて、秦漱石はおもわずにやりと口角を上げた。

(賭けに勝った……!!　皇帝が、寵妃のためにここまでするとは……！)

ふふふと笑い声が漏れる。これが笑わずにいられようか。

首の皮一枚でつながったのだ。いや、皇帝が寵愛する妃が手中にある限り、再び権力を手に入れることもできるかもしれない。

秦漱石は采夏を引きずるようにして、その場を一歩一歩と離れてゆく。

「話しが違う！　采夏妃を置いていけ！」

「まだだ。わしが無事に後宮から出るまでは、預からせてもらうぞ！　なぁに安心しろ。ここから出られたら、解放する。それまで大人しくここで地面に接吻《せっぷん》でもしておれ、阿呆《あほう》ども」

笑いをこらえながらそう言って、秦漱石は皇帝たちが地に伏せ続けていることを確認しながらその場を後にすることに成功した。

とはいえ、囲まれたところから抜け出したに過ぎず、未《いま》だ後宮の中。いつ皇帝や武官らが動き出すとも限らない。

（それに後宮の外に出た後のことも考えねば……。外に出る方法はある。それに外に出られればわしに力を貸してくれる者もいる……！　しかし力を借りるには、金が必要になる）

秦漱石がここまで力をつけられたのは、金の力があったからこそ。

金がないと見れば、今まで力を貸してくれていた者たちも、見限るかもしれない。

余裕があると言うところを見せねばならない。

しかし、金になるものを今は何も持っていない。

金を得るためには、一度、後宮の宝物庫に寄って金になる宝石類などを盗《と》るのが早いが……今いる場所からはかなり遠い。

「どうしたものか……金がなければ……」

焦りのためそう一人ぶつぶつと呟《つぶや》きながら歩む秦漱石の耳に「あのー、お困りですか？」と女性の暢気《のんき》な声が聞こえ、一瞬身を固くした。

周りに人はいないはずだ……と思ったが、近くに女がいることを思い出した。

今人質に取っている女——采夏だ。

「お金が欲しいんですよね……？」

人質に取られているというのに、何故か朗らかに笑って采夏は言った。

（何故、暢気な声で平然と話しかけてきたのだ……？　阿呆なのか？）

秦漱石は胡乱《うろん》な目で、采夏を見る。

「お前は大人しくしてろ、何もしゃべるな」

「とは言いましても、お困りのようでしたので。実は、私お金になりそうな物を持っているんですよ」

あっけらかんとしてそう言う采夏の言葉に、秦漱石は思わず眉根《まゆね》を寄せる。

重ねて言うが、采夏は今人質の身だ。

（あまりの恐ろしさに、頭が本当に阿呆になったのか？　それかもともと阿呆だったの

か）

「あ、別に他意はないのですよ。だって、このままの状態で宝物庫まで寄られるのは私も辛《つら》いですし」

と眉を八の字にして下げた。

（言われてみればそうか……）

采夏は現在秦漱石によって体を拘束され、なおかつ首に短剣を当てられている。早々に今の状況を終わらせたいのだろう。

「金になるものがあると言ったな。何を持ってる」

「すごいものですよ！　きっと驚きます」

ウキウキしているようにも聞こえる軽やかな声で采夏はそう言うと、「ちょっと失礼しますね……」と言ってごそごそと自分の懐を探って、きんちゃく袋を出した。

（なんだ？　宝玉でも入っているのか？）

と秦漱石は采夏が中から取り出したものを見ると、それは乾燥した草のようなもので……。

「……ふざけてるのか？　こんなゴミが金になるだと？」

眉間《みけん》に皺《しわ》を寄せて、唸《うな》るように秦漱石は言った。

その言葉を聞いて采夏は『まあ失礼しちゃう』と言いたそうに口を尖《とが》らせた。

「ゴミなどではありません！　見て嗅《か》いでわかりませんか？　これはですね、茶葉です」

采夏はそう言うと、つまんだ茶葉を自分の鼻の近くに持ってきて大きく息を吸い込む。

そして恍惚《こうこつ》の表情を浮かべた。

そう、袋に入っていたのは先ほど釜《かま》で炒《い》ったばかりの采夏岩茶。

「しかも、今までに味わったことのないような風味を持つ特別な茶葉です。まだ飲んでませんが、茶葉の時点でわかります。このお茶は、世界を変えます」

采夏はうっとりとした目をしながらそう話した。

夢見がちに見える采夏の言いように、秦漱石はますます顔を険しくさせた。

「くだらん！　こんな小汚い色をした茶なんぞ、なんの価値もない」

秦漱石はそう言うと、短剣を持っていない方の手で、采夏の持っていたきんちゃくを奪い取ってそのまま地面に叩きつけた。

袋の口から茶葉が散らばる。

「あ……！」

采夏は小さく声を上げて、悲しそうに地面に落ちた茶葉を見る。

「こんなくだらないものより金だ！　玉や珊瑚《さんご》をもってこい！」

「……くだらないもの？」

そう言って、采夏は秦漱石をぎろりと横目で見る。

底冷えするような、冷たく鋭い視線。

刃物を突き付けているのは自分であるのに、秦漱石は思わずゾッとして息を呑んだ。

「な、なんだその目は？　自分の立場を分かっているのか？」

そう言って刃物を采夏の顔の前にちらつかせたが、その顔に怯《おび》えの色はない。

むしろ前にも増して強くまっすぐ秦漱石を睨《にら》み据える。

「……玉や珊瑚ではありませんが、豆彩《とうさい》技法で作られた蓋碗《がいわん》を持ってます」

「豆彩の蓋碗……!?　何故そんな貴重なものをお前が……そうか！　阿呆な皇帝からもらったのか！」

秦漱石は喜色を浮かべた。

豆彩技法の蓋碗。

豆彩技法は、皇帝のための陶磁器を焼く窯《かま》である官窯《かんがま》でのみ作られる特別な磁器である。

また、一つでも瑕疵《かし》がある物は容赦なく処分するため、豆彩技法の磁器は、かなり数が少ない。その希少性もあいまって、珊瑚や玉という宝石類よりもはるかに価値の高いものだ。

(確かに、豆彩技法の蓋碗ならば、一つでも十分な金になる！)

「本当に持っているのか!?　見せてみろ！」

「はい。お見せしますね。ちょっと待っててください。私茶器類はいつも持ち歩いているんです」

などと言いながら采夏は、斜めに掛けていつも持ち歩いている小さな鞄《かばん》に手をかける。

この鞄の中には采夏愛用の茶器が一式揃っているが、中から蓋碗だけを取り出した。

それは赤、青、緑の色彩で描かれた美しい一品であった。

白塗りの碗に、青で繊細に蔦《つた》紋様の輪郭線を描き、その中に緑の草花と鶏《にわとり》の親子が赤や茶などの複雑な色合いで描かれている。

「おお、こ、これは……！」

（なんという素晴らしい出来だ。これほどのものを持っているのは、皇家の者か東西南北の族長の一族ぐらいなものだろう。黒瑛め、これほど希少なものを惚《ほ》れた弱みで田舎娘にやるなど、まさしく愚かな男よ）

寵愛する妃のために、国の宝ともいうべき磁器を安易にやってしまった皇帝の愚かさを思うと、にやりと笑みが浮かぶ。

秦漱石が震える手で受け取ろうとした、その時。

「これはお父様から頂いた大切なものですが、この際しょうがないですね。……えい！」

そう言って、采夏はあろうことか蓋碗を放り投げてしまった。

繊細に蔦紋様が描かれたその蓋碗が、綺麗《きれい》な放物線を描いて宙を飛ぶ。

最初唖然《あぜん》として宙に放たれたそれを目で追いかけたが、秦漱石はすぐにハッとして目だけでなく体も動かして蓋碗を追う。

このまま地面に堕《お》ちたら割れてしまう。そうなればせっかくの磁器の価値がなくなる。

秦漱石は放物線を描いて落ちてくる蓋碗に向かって体を投げ出し、持っていた短剣を捨てて無我夢中で両手を伸ばした。

そして――。

パシンと小気味よい音とともに豆彩の蓋碗を蓋ごとすっぽりと手の中に抱え込んだ。

（は、はぁああ、良かった！　割れてないな⁉）

秦漱石は蓋碗に傷や欠けている部分がないかどうか調べて、無事を確認し問題ないと分かると、ふーと大きく息をつく。

そして、落ち着いたところにハッとした。

「はっ！　あの女は⁉」

蓋碗に気を取られ、刃物を捨てて人質まで放っておいてしまったことに気付いた秦漱石が後ろを振り返ると、そこにいるはずの妃が、いない。

周りを見渡すと、少し離れた場所を走り去っていく女の背中が見えた。

「しまった……！」

逃げられたことに気付いた秦漱石は、女の背中を追いかける。しかし、女が走って向かっていく先に、ぞろぞろと人影が現れるのを認めて足を止めた。

あそこにいるのは、皇帝と武官たち。

二人が去ったあと、秦漱石に悟られないぐらい離れたところから見張っていたのだ。

「ま、待て、待ってくれ……！」待てと言って女が待ってくれるわけがないと分かりながらも、そう声が出た。

縋《すが》るような気持ちだった。ここで終わるのか。終わりたくない。しかし、今の秦漱石に、女を引き留めるすべも、この危機を切り抜ける妙案も思いつかない。

今までは、最初に仕えた皇帝が与えてくれた宦官《かんがん》の長という身分と蓄えた財産で、すべてを思いのままにできた。

しかし、今、その身分は現皇帝により無に帰されそうになっており、財産も取り上げられようとしている。

今の秦漱石は己の身一つでこの場をどうにかせねばならないが、欲のまま食を貪《むさぼ》り怠惰に過ごした体は鉛のように重い。

もう誰も、何もない自分についてくる者などいないだろうという認めたくない現実が見えてくる。

終わった。

秦漱石がそう思ったとき、女がなぜか立ち止まり振り返った。いや、振り返っただけではない。秦漱石の方に駆けてくる。

（何故、戻ってくる……!?）

こちらに戻ってくる理由が、わからない。

わからないが、しかし、女はこちらに向かってくる。まっすぐ。真剣に。何か大切なものがここにあるかのように。

「まさかわしを助ける、ために？　この何もない……何もかもを失ったわしのために？」

何の見返りもなく、何かをしてもらった記憶が秦漱石にはない。幼い時でさえも。

それなのに、この女は何もかもを失った自分に、手を差し伸べようとしている。

もしこの世に神がいるのなら、きっとこの女のような姿をしているのかもしれない。

秦漱石はそう思って、采夏に手を伸ばした。

その女神の手をつかむために。

しかしその伸ばされた手は空振りした。

采夏が、突然しゃがみこんだからだ。

「何を……？」

采夏は、先ほど秦漱石が叩《たた》き落とした茶葉を拾い始めていた。

「いえ、やっぱり茶葉が勿体《もったい》ないですし、落ちたままになんてできません」

必死に茶葉をかき集めながら采夏がそう答える。

秦漱石の思考が一瞬止まったが、すぐに彼女の行動の理由を理解した。

彼女は別に秦漱石を助けるために戻ったのではなく、茶葉を回収しにきただけなのだと。

「こ、この女……！　バカにしおって！」

一瞬でも、目の前の妃に神を見た気になっていた自分の愚かさが苛立《いらだ》たしい。

秦漱石が、苛立ちに任せて再び女を人質にしようとした時、後ろから腕をつかまれた。

「あーら。もうおいたは駄目よ」

そう言って笑う男がいつの間にか後ろにいた。

つかまれた腕を動かし、どうにか振り払おうとするがびくともしない。

「悪あがきもここまでだっ！　秦漱石！」

バカでかい怒声が響く。目を向ければ、腕をつかんだ男のすぐ隣に大柄な男がいた。その男の姿を認めて、秦漱石は目を見張った。

（ま、間違いない……！　この大柄な男、自分が処刑を命じた虞《ぐ》家の武官だ！）

若輩者のくせに、己に牙《きば》をむいた愚か者、虞坦《たん》。

もともと虞家は目障りだったので、あの時、この男が青臭い理想を吠《ほ》えてくれたことで、一族もろとも追い払える口実ができたと思っていたというのに。

「何故処刑したはずのお前がここにいる……!?」

「陛下に助けていただいたのだ」

「あ、あの男が……!?」

（あの阿呆《あほう》が、わしが知らぬところで味方を作っていたというのか!?）

「それにしても、采夏妃やるじゃない。磁器でこいつの気を引いてその隙に逃げるなんて。どうやって救い出そうか考えてたけど、彼女の方が上手ね」

そう言った男の手には、秦漱石がさき程まで持っていたはずの蓋碗がある。

「そ、それは、わしの、蓋碗！」

「呆《あき》れた。これはアンタのじゃないでしょ」

と返されて、秦漱石も思わず言葉に詰まる。

「こいつは、金のためなら陛下への敬愛を捨て、魂すら売り渡す悪鬼っ!!　金への執着心が、己を破滅に導いたわけか！」

坦は冷たく睨《にら》み据えながら吐き出すようにそう言って、秦漱石の動きを封じるために腕を後ろ手に持っていき、無理やり膝をつかせた。

「は、離せっ!!　わしを誰だと思ってる！　秦漱石だぞ！」

そう吠え付いてみるが、もう誰も彼の言葉に耳を貸さない。

礫《れき》は吠え面をかく秦漱石を見下ろして、薄く笑った。

「ええ、知ってるわよ。罪人の秦漱石。……大人しく己の行いを悔いて刑に処されな」

先ほどまでの調子の高い声から一転し、地獄に響き渡るような声で礫はそう言った。

※

「……采夏妃！　采夏妃！　無事か！」

「は、はい……」

秦漱石が、虞家の兄弟によって捕らえられたところ、采夏はまた違う危機を迎えていた。

無事に茶葉を回収できたまでは良かったが、黒瑛が采夏をその胸に抱いて離さない。

ぎゅっと抱きしめられて、顔が黒瑛の胸に当たり、その力強い鼓動の音が良く聞こえる。

いや、これは自分の心臓の音かもしれない。背中に感じる黒瑛の大きな腕のぬくもりが、采夏の気持ちを落ち着かなくさせていた。

「へ、へい、陛下……その、私は、本当に大丈夫ですので……。お茶もこの通り回収できましたし」

そう言って、采夏は黒瑛の胸を押した。

采夏を抱きつぶす勢いで抱きしめていた黒瑛が、力を緩めてすこしばかり離れた。

すると先ほどまでは、胸しか見えなかった彼の顔がよく見えるようになってしまった。

鼓動がはねる。

黒瑛の黒い瞳《ひとみ》と見つめ合い、距離をとったのに、未《いま》だに采夏の胸の鼓動は落ち着かない。

「まったく、一度引き返したから何かあったのかと思ったら、落ちた茶葉の回収とは、本当に采夏妃らしいな」

そう言って、優し気に笑った黒瑛だったが、すぐにその表情を真剣なものへと戻す。

「恐ろしい思いをさせて、悪かった。何事もなく、無事で、本当に良かった。……いやまて、ここ、少し、血が……」

そう言って、黒瑛は痛まし気に顔を歪《ゆが》め、采夏の首をそっと撫《な》でる。

秦漱石につけられた傷だ。傷自体は浅いので既に血は止まっているが、赤く痕《あと》が残っている。

黒瑛に触れられたところが、熱い。

それは傷の痛みではないことを、薄々采夏も分かっていた。

采夏は、己の気持ちの動きに戸惑いながら、それでも冷静に振る舞おうと自分の首に触れる黒瑛の手を取った。

「もう、痛くありませんから……」

そう言って、黒瑛の手をおしやり、どうにか笑顔を作る。確かにもう首の傷の痛みはそれほどではない。

でも、どこか苦しい。

今までの采夏はいつでも明確だった。お茶が飲みたい。お茶が作りたい。好き勝手にお茶に打ち込むのは、嫁ぐまで。それまではお茶のために生きる。

そう思って、お茶が好きという熱に突き動かされて生きてきた。そこに迷いはなかった。

しかし、今はどうだ。

「そうか……。だが、一応医官に見てもらえ」

「はい。……そして陛下、おめでとうございます。秦漱石を討たれたのですね」

そう言って、采夏は捕らえられ、ぐったりと力を失《な》くした様子の秦漱石を見た。

「ああ、お前のおかげでな」

「私の……？」

采夏がそう尋ねると……。

「さ、采夏!!!」

黒瑛の肩越しに聞きなれた、しかし懐かしい声が聞こえて顔を上げる。

「おお、おお、采夏、無事か!?　本当に後宮にいたとは！……辛《つら》いことはなかったか？いじめられなかったか？」

大きな黒い口髭《くちひげ》を涙で濡《ぬ》らした大男が、そう言って采夏を抱きしめた。

その懐かしい姿を見て、采夏も抱き着き返す。やはり、来ていた。

（ということは、陛下は、私の出自を知った……）

采夏はそう悟って、先ほど黒瑛が心配そうに抱きしめてくれたことにある答えを見た。

「お父様、お久しぶりです」

「お久しぶりってもんじゃないよぉ！　お見合いさせるなんて言わないから、もう勝手に家出するのだけはやめてくれー！」

大きな図体《ずうたい》からは想像がつかないぐらいに情けない声で、そう懇願するこの男こそ、采夏の父親だ。

茶栄泉《ちゃえいせん》と言う。

「別に家出したわけじゃなくて、ちょっとしたはずみで後宮に入ってしまったというか……」

「はずみで後宮になんぞ入りおってー！　本当にお転婆が過ぎるぞー！　しかしそこが可愛いのが罪深い！」

「もう、お父様ったらそんなに泣かないで。いつも大げさなんだから」

泣きじゃくる自分の父親の背中を宥《なだ》めるようにさすりつつため息をつく采夏の頭に、ポンと温かい手が置かれた。

「大げさっていうか、采夏妃、お前な……」

呆れたようにそう言う声が続く。

采夏が上を見ると、黒瑛だった。

「陛下……」

黒瑛に、采夏をひしりと抱きしめていた栄泉が拱手《きょうしゅ》して跪《ひざまず》く。

「陛下。この度は、誠に感謝申し上げます。このように無事父子《おやこ》の再会が果たせましたのも、陛下のおかげにございます」

「いや、助けられたのはこちらだ。感謝する」

「もったいなき、お言葉でございます。……そして我が娘、采夏の件ですが」

そう言って、栄泉はちらりと采夏を見た。

「ああ、分かっている。悪いようにはしない。安心してくれ」

「誠に陛下は素晴らしい御仁！　重ねて、御礼申し上げます！」

再び頭《こうべ》を垂れて一礼した。

丁度、兵が「茶将軍、少しお話しが」と名を呼ぶ声が聞こえて、栄泉は黒瑛に断りを入れると改めて一礼してその場を去った。

栄泉は、今後宮に入っている軍の総指揮に当たっているため、何かと忙しい。

「……お父様と、何か私の件でお約束をされたのですか？」

我ながら、白々しいなと思いながらそう尋ねると、黒瑛は淡く笑みを浮かべ、「まあな」と答えるのみだった。

ふと、陛下とのあの時の約束がよぎる。

政権を手に入れたら、采夏が茶師を続けられるようにすると約束してくれたことを。

だが、きっとそれは叶《かな》わない。

黒瑛が後ろ盾のある妃を皇后に据えたがっているのを采夏は知っている。

となれば南州《なんしゅう》の族長の娘である采夏を逃がすはずがない。

采夏が秦漱石から逃れた時、黒瑛は心配そうに抱き寄せてくれたが、あれは采夏が南州の族長の娘だと知ったからかもしれない。

いや、優しい彼のことだから本当に心配したのかもしれないが、それでもそう疑ってしまう自分を、采夏は感じていた。

(変な気持ち……。陛下とこのまま後宮にいることになれば、私はお茶作りを続けられない。けれど陛下と一緒ならそれも悪くないという気持ちさえある。でも、あの時、茶師を続けるのを諦めるなと言ってくれた陛下の言葉を嘘《うそ》にもして欲しくない)

これほどまで自分の気持ちの整理がつかないことは初めてだった。

陛下と一緒にいたい。でも後ろ盾が欲しいという理由だけで彼の側にいるのは嫌だ。

お茶を作りたい。しかし、後宮を離れて陛下ともう一緒にお茶が飲めないのは嫌だ。

何かを選ぶということは、何かを捨てるということなのだろうか。

「それにしても、まさか采夏妃が、南州を治める族長の娘だったとはな」

と黒瑛の呆《あき》れたような優し気な声が下りてきて、考えに耽《ふけ》っていた采夏は顔を上げた。

「隠していたつもりはなかったのですが……後宮に入る時ちゃんと名乗りましたし」

「だろうな。受け付けた者が、茶家の名を聞き勘違いして茶農家だと思ったらしいからな。だが、途中で、勘違いされてることには気づけただろう？」

「正直、茶農家と言われて、良《い》い気分だったので……つい……」

と采夏が答えると、黒瑛は仕方ないな、と言いたげな笑みを浮かべた。

「まあ、いいか」

「そうですよ、陛下。あまり采夏妃を責めるものではありません」

そう朗らかに横から声をかけたのは、陸翔《りくしょう》だった。

武術はからきしなのだろう。周りは武装しているが、陸翔だけは文官風のスラッとした袍服《ほうふく》を着ている。

「大体気づかれない陛下も悪いのですよ。南州の采夏と言えば、茶道楽で有名なのですから」

「そんなこと言ったって、秦漱石の奴のせいで引きこもってた俺に、地方の情報なんて回って来るわけないだろ……。大体茶道楽で有名って言うのは、茶好きの奴らの中での話しだろ？」

と、やれやれと肩を竦《すく》めため息を吐きだし嘆いてみせるが、顔はどこか晴れやかだ。

それもそのはず、今日は、黒瑛の長年の目的が果たされたのだから。

（陛下は目的を遂げられたのに、私は――）

複雑な思いを抱えながら、采夏が黒瑛を見ると、彼は顔を横に向けたところだった。

視線の先には、縄に縛られて引き立てられていく宦官《かんがん》たちの行列。

采夏も一緒にそれを見て首を傾《かし》げる。

「彼らは……？」

「秦漱石と結託していた宦官たちだ。秦漱石を捕らえて処罰するのに合わせて、奴に手を貸した者たちも一斉に罰することにした。今回、結構な強硬手段を使って朝廷を制圧したんでな。今後の親政の憂いを断つ為にも徹底的に奴に与《くみ》した者たちは罰する」

そう言った黒瑛は為政者の顔をしていた。

「それは、つまり、貞様も、ですか？」

「そうだ。秦漱石に与する者は全員、始末する」

そう答えた黒瑛の声は冷たかった。

思わず采夏は顔を曇らせる。

（貞様……）

貞には玉芳を池に沈められ、采夏自身も平伏を強いられたことがある。

確かに彼女には手痛い目に遭った。

だけど……彼女のおかげで、采夏はまた新たな夢を見ることができた。

采夏の中で色々な思いが渦巻く。

そろそろ選ばなければならないのかもしれない。

エピローグ

異民族の襲撃があったという報を受けて采夏《さいか》を後宮に返した後、黒瑛《こくえい》はそれを追い出すために東州《とうしゅう》に留《とど》まった――というのは大嘘だった。

異民族の襲撃自体も偽りで、本当は、宮中を占拠するために必要な軍を整えていた。

そして、異民族との戦いに勝利しその捕虜を連れて都に帰還する、という虚偽の報告とともに捕虜に変装させた東州と南州《なんしゅう》の武官の者たちを都に引き連れた。

そうして上手《うま》く城に手勢を引き入れた黒瑛たちは、そのまま朝廷を制圧した。

突然の出来事に秦漱石《しんそうせき》も逃げることもできず捕まり、彼と懇意にしていた官吏にも東州と南州の軍を派遣し動きを押さえた。

そうして秦漱石の十年に及ぶ専横政治に、あっけなく幕が下りたのだった。

「それにしても皇帝陛下、なかなかやるわね。美男だし」

この度の政権変動のことのあらましを聞いた玉芳《ぎょくほう》が、感心するようにそう言った。

「そうですね」

と采夏がお茶を飲みながら気のない返事をする。

それを玉芳はねめつけた。

「それにしても、アンタ、貞花妃《ていかひ》、あ、もう花妃じゃないか、貞のこと庇《かば》ったって正気？」

「庇ったというわけではありませんが……」

と遠慮がちに采夏は答える。

采夏は、此度《こたび》の政権変動での貢献への褒美として、何か欲しいものがあるかと改めて問われた。

それに采夏は、間髪を容《い》れずに「貞様とお茶を飲みたい」と伝えた。

本来、貞は即刻処刑の運命だったのだが、采夏のその言葉で処刑が先延ばしにされていた。

「本当にただお茶を飲んでみたいと思っただけです。以前、一度貞様にお茶をいただいたのに、飲めずにいたこともありましたし」

その采夏の言葉に玉芳は首をひねる。

「そんなことあったっけ……？　あ！　もしかして、あの池の水飲まされそうになった時の話し!?　あれお茶じゃなくて池でしょ!?　ただの嫌がらせじゃん！」

「あの時、池から微《かす》かに采夏岩茶《がんちゃ》の香がしたのです。今思えば貞様は、采夏岩茶の可能性を示していたのかもしれません」

「それ絶対違うからね!?」

「それに、貞様は、いつも何かに焦っておいでで……。ああいう方にこそ、おいしいお茶を飲んでもらいたかった。私がちゃんとお茶を淹《い》れるべきだったんです」

思い詰めたように采夏はそう言った。

「正直何言ってるか分からないけど、でも、何故だか采夏らしいっていうか……まあ、やりたいならやればいいと思うわ。貞も貞で、同情する気持ちがないわけでもないしね。

……まさか、秦漱石に拾われて来てたなんてね」

玉芳はそう言って遠くを見た。

貞が後宮からいなくなった後、後宮内で貞の生い立ちについて噂が立った。

元はただのこそ泥だという話しだ。

もともと秦漱石自身も、盗みを犯した罪で宦官に堕《お》ちている。

その親類となれば同じような環境に置かれていても不思議ではない。秦漱石は、宦官になってから成り上がり、裕福に暮らしはしていたが、その恵みを親類に分け与えることはなかったのだ。

貞は、泥水を啜《すす》り、残飯を漁《あさ》り、盗みに失敗しては殴られる、と言うような生活をし、とうとう盗みの罪で捕まった。そんな彼女を秦漱石は使えるかもしれないというほとんど気まぐれで助けて、後宮に放り込んだ。

綺麗《きれい》な着物に包まれ、高価な装飾品を身に着け、高級食材を使った食べ物を出された。

ちやほやと構ってくる宮女たちが貞の元にやってきて、何も知らない若い娘がそれで勘違いしないとどうして言えるだろうか。

貞は自分は特別で何をしても許される存在なのだと、思い込んだ。

そして今までの惨めな自分は自分ではないと、捨てようとして……捨てられず。

妙な焦りを抱えながら、後宮と言う特殊な世界で生きることを余儀なくされた。

「貞が怒り狂ってた時、言葉がさ、荒くなったじゃない？　あれが多分素なんだろうね。それに、貞は采夏のことをそれはもう嫌ってたけど、多分、生まれのことで嫉妬《しっと》してたんだと思う……」

「嫉妬、ですか？」

「うん。采夏ってさ、品がいいんだよね。どことなくだけど。まあ、話してるとただの茶道楽だってわかるから、今はもうあんまり気にならないんだけど。少し離れたところで見る分には、どこか違うなってわかるよ。ここにいる妃は私みたいに育ちが良くないのばかりだから、綺麗な衣を着てても着させられてるって感じがするけど、采夏はそうじゃない。ちゃんと華やかな衣が似合ってる。動きの一つ一つが丁寧でさ。大切に育てられた娘なんだなってすぐにわかる。まあ、それが南州の姫様だとはさすがに気づかなかったけどね」

玉芳は笑ってそう言った。

采夏はその話しを静かに聞いていた。

玉芳の言う通り、采夏は恵まれた生まれと言えるだろう。

でも、采夏は采夏なりに、その生まれで悩んだこともある。

本当は、ただの茶師として生きたいが、南州の長の娘として生まれた以上、それは叶《かな》わない。身分のある男と結婚し、その家に一生を捧《ささ》げねばならないのだ。

だが、この恵まれた生まれだからこそ、お茶を知ることができた。

贅沢品《ぜいたくひん》であるお茶を堪能《たんのう》できたのは、この出自のおかげなのだから。

「……世の中って、どうも、ままならないものですね」

そう寂しく一人ごちた。

※

「何アンタ、アタシを笑いに来たの？」

寒く冷たい牢《ろう》の中で、ぼさぼさの髪をそのままにして壁に寄りかかり座る貞が、采夏を見ながら忌々しそうにそう言った。

少し前までは、自分のことを『わらわ』などと気取って言ってみせていたが、このみじめな姿でそう自称してもただの笑い者だ。

「よかったです。思ったよりもお元気そうで」

そう言って、采夏は薄く笑みを浮かべる。

「いやみのつもり？　こんな状態のアタシに良く言えるわね。アンタのせいで、処刑の予定が遅れてるってきいたけど、何、情けでもかけてるつもり？　なら、勘違いも大概にして。こっちはこんな惨めな思いをするくらいならさっさと殺してほしいってのに」

と貞は言うが、その唇は微かに震えていた。

強がりであることは貞自身も分かっている。

それでも目の前で暢気《のんき》に微笑む采夏を見たら、何も言わずにはいられなかった。

「すみません。でも、やっぱり貞様とお茶を飲みたくて」

「は？　お茶？」

「こちらを。まだ温かいですので、このままグィッと」

そう言って、采夏は持っていた蓋碗《がいわん》を貞を閉じ込めている格子の隙間から差し出す。

貞は、それを一瞥《いちべつ》してから改めて采夏を見た。

「……毒でも入ってるの？」

「お茶に毒なんていれませんよ。ちなみにこのお茶は私が作ったもので、采夏岩茶といいます」

「アンタが？」

そう言って貞は目を細める。

目の前の女の考えていることは本当に良く分からない。
一瞬、手を振り払って碗ごと叩《たた》き落としてやろうかと思ったが、やめた。
ここは、寒い。温かいものが欲しかった。
「良く分からないけど、飲めばいいんでしょ」
貞はそう言うと、受け取る。まだ十分温かい。
しばらく碗で冷たくなった手を温めてから蓋《ふた》を少しずらす。中身は当然、お茶。
暗がりで色みは良く見えないが、普通のお茶と比べると色が濃いような気がした。
それに香も違う。
「これ本当に、お茶なの？」
「お茶です。さあ、ぐいっと」
采夏に催促され、貞は碗に口をつけた。
なんでもいい。体が少しでも温まるなら……。
そう思っていた貞の中に、お茶が入り、思わず目を見開いた。
口に含んだ瞬間、ふわりと花のような芳醇《ほうじゅん》な香が口内を占領したのだ。
いつも飲んでいる緑茶とは明らかに違う。
苦みもほとんどない。あるのは、蜜のような甘み、いや香ばしさと言うのだろうか。
渋みも苦みもないのに、味に奥行きがある。独特な風味が体中に行きわたり、気持ちを軽やかにしてくれる。

そして何より、飲んだ後のこの余韻は何だろうか。

独特な余韻が、肺の中にまで行きわたり、返す息も花のように甘やかだ。

それらを全て味わい、飲み込み、貞は口を開いた。

「……思ったより、おいしいわね」

小さくそう言った。不服そうに。

その答えに、采夏の顔がパッと明るくなる。

「そうでしょう!? でもこのお茶をおいしくしてくださったのは、貞様なのですよ!」

「は!? アタシ? 何言ってんの?」

「貞様が、私が育てた茶葉を野晒《のざら》しにしてくださったおかげで、甘くおいしいお茶になったんです!」

「野晒しにしておいしく……? ああ、発酵したってことね」

なんとなしに、という感じで貞がそう口にすると、采夏は目を見張った。

「……はっこう?」

「知らないの? たまに腐らせるっていうか、時間を置くとうまくなる食材ってあるでしょ? お酒とか。ま、金持ちの娘だと、いつでも新鮮なものが食べられるから知らないのかもしんないけど、どんな食べ物も、熟しすぎたぐらいが結構うまかったりするのよ」

「……発酵。そう、これ、発酵しているお茶なんですね。青国《せいこく》でいうところのお茶は、摘んだものをすぐに炒《い》って発酵を止めるお茶、緑茶が主流ですが、確かに、遠い地では茶色に染まった妙に甘いお茶があると聞いたことがあります。そうでしたか、私が育てた采夏岩茶は、発酵させたことで本来のおいしさを引き出せたのですね……」

「何ぶつぶつ言ってんのよ。気持ち悪い。それに、このお茶、まだまだ発酵が足りないんじゃないの？　もっと行ける気がするんだけど」

貞が碗を掲げてそう言うと、采夏は眉《まゆ》を上げた。

「え？　もっとですか？」

「そうよ。もっとおいしくなれるわよ、これ」

「もっと……おいしく……」

貞の言葉を采夏は呆然《ぼうぜん》と繰り返す。

時が止まったようにそのままなので、貞が『こいつ頭大丈夫？』と思ったあたりで、采夏は笑い始めた。

「ふふ、ははは。やっぱり、貞様には敵《かな》いそうにありません」

「は？　何言ってんのよ。……何もかもを持ってるくせに」

思えば、最初から采夏のことは気に食わなかった。

綺麗で、清くて、上品で。

一目見て、きっと宝物のように大切にされたのだろうと思えた。

自分に無いものをなんでも持っていると、すぐに気づいた。

「確かに人より多くを持ってるかもしれませんが、でも、本当に欲しいものはなかなか」

「そういうの、うざったらしいのよ」

「不快に思われたらすみません。それで、これちょっと相談なのですが、実は私、多分すぐに後宮から出ることになるんです」

「は？　皇后になるんじゃないの？……陛下に、気に入られてるでしょ。しかも南州の姫。後ろ盾の欲しい陛下とアンタ。最高の組み合わせね」

ケッと吐き捨てるように言う貞を見て、采夏は思わず笑った。

「その陛下と約束をしたんですよ。陛下が政権を取り戻したら、私を後宮から出してくださると……」

「なんでそんな約束したの？　バカじゃない？　このままいけば国母にもなれるっていうのに」

「ふふ。色々ありまして。それでですね、私は後宮から出る時、一緒に貞様も連れて行きたいんです。陛下は茶師として活動できるようにしてくださるみたいで、なので、貞様、一緒に茶木を育てませんか？」

「は？　どういうこと？」

「ですから、貞様には、私と一緒に茶木を育てて欲しいのですが、いかがですか？」

「はあああ？」

貞の心底意味が分からないとでも言いたそうな声が牢の中でこだました。

貞は引きつった顔をしていたが、しばらくすると落ち着いてきたのか、ふうと小さく息をついた。

「へえ、アタシが茶の木を育てるって言ったら、ここから出して命を助けてくれるってわけ？」

「まあ結果的にはそうなりますね」

采夏が微笑を浮かべて頷《うなず》くと、貞は瞳《ひとみ》を潤ませ胸の前で手を合わせた。

「ああ、なんてお優しいお妃様！　この矮小《わいしょう》なアタシをそこまで気にかけてくださるなんて……！」

貞はそう言って采夏への感謝の気持ちを伝えるようにまっすぐ目を見つめ頬を上気させ、かさついた唇の口角を上げて笑みを浮かべる。

その感激している様は、先ほどまで采夏を睨《にら》みつけていた者とは思えぬほどだ。

そして高揚した様子の貞は、再び目に力を込めて、口を開いた。

「なんて言うと思った⁉　馬鹿にするのも大概にしなさいよ‼」

先ほどの笑顔から一転して、顔を歪《ゆが》めてそう罵《ののし》る。

憎しみがあふれ出そうなほどに充血した目。

それを見ながら、采夏は微笑んだ。

「馬鹿にできたら、どんなに良《い》いでしょうか」

「は？」

「私は、貞様に嫉妬《しっと》してるんですよ。本当に。無性に。叫び倒してしまいたいくらい。貴女《あなた》が妬《ねた》ましくてしょうがないんです」

「…………」

また貞の時が止まる。先ほどから思ってもみないことを言われて戸惑ってばかりだ。

「私は確かに、采夏岩茶がおいしくなったのは、しばらく寝かせたり、踏みつけたりしたのが良かったのかなと思いました。でもただそれだけ。貞様のように、発酵ということや、お酒や他の食品と同じ原理にあるという考えには思い至りませんでした。しかも貞様は一口飲んでまだおいしくなると言う。私はこれで完成したと思っていたのに。貞様に言われて初めて、このお茶の伸び代に気付く始末」

淡々と語りだした内容に貞が眉を顰《ひそ》める。

「だからなによ」

「だから、妬ましいのです。この茶葉がおいしくなったのは貞様のおかげでした。たまたまと言えば、そうですが、たまたまを生み出すその天運こそが、どれほど尊いものか。私はこんなにお茶を愛しているのに、お茶は私を一番に愛してはいない。そう言われているようでした」

「さっきからアンタの言ってること意味わかんないんだけど」

「茶飲みとして、陛下に及ばず。茶師として、貞様に及ばず。ああ、本当に妬ましい」

そう言って、暗く嗤《わら》う采夏の顔は恐ろしいほど美しく、貞は思わずゾッとした。

先ほどからずっと采夏の言っていることが良く分からない。

今思えば、後宮で出会ってからと言うもの、この女の言動は意味が分からないことばかりだった。

「アンタ、面白すぎるわ」

「ええ、良く言われます。茶道楽なのですって」

あっけらかんと自分が変わっていることを受け入れる。

その様もまた、不気味であると、貞は思う。

「アンタってさ、天女のふりした鬼でしょ。地獄に堕《お》ちたら？」

「堕ちた地獄にお茶があるのなら、喜んで行くつもりです」

「……無意識に人の気持ち煽《あお》ってさ。終《しま》いには意味不明な持論で人の未来決めようなんて、傲慢《ごうまん》よ」

貞の罵りも、采夏にとっては気にも留まらないものなのか、ずっと笑顔だ。

「それで、どうされますか？　私と一緒にお茶を愛してみませんか？」

そう問われて貞はしばらく無言を余儀なくされた。

采夏の狙いが分からない。分からないのだ。

どんなに罵ってみても、相手の反応は変わらない。

だからこそ、恐ろしい。

これでも貞は、後宮の妃として様々な女を見てきた。

ここに生きる女たちの考えそうなことなら大体わかる。

何を奪えば、自分に従うか。

何を与えれば、自分の操り人形と化すか。

何をすれば、相手が壊れるか。

底辺で生きていたことがあるからこそ、分かる。

だが、目の前にいるこの女については、その笑顔の裏で何を考えているのか、見えない。

それが恐ろしく、また悔しくて、貞は瞳《ひとみ》を伏せて視線を逸《そ》らした。

「……いやよ。アンタの情けなんて受けたくない」

「あら、ずいぶんと嫌われてしまいましたね」

おっとりとそう答える采夏の声には余裕がある。

それがやはり貞の癪《しゃく》に障る。

「当然でしょ？　アンタの思い通りになるぐらいなら、ここにいた方がいい」

貞はそう口にした。

情けか何か知らないが、良く分からない女の誘いにホイホイ乗るぐらいなら、自分一人であがく方がマシだ。

「……そうですか。それは残念です」

貞が顔を上げると、采夏は心なしか悲し気な表情を浮かべていた。

貞はそれにまた戸惑う。

そして、采夏は牢《ろう》のカギに手を伸ばした。

カチャリと音が鳴る。

「では、私はここで。また会えるといいですね」

そう言って、采夏はその場を去って行った。

戸惑う貞を残して、牢のカギを開けたまま。

※

皇帝が、政治を専横していた秦漱石を討ってから一か月ほど経過し、采夏は久しぶりに皇帝黒瑛と再会した。

丁度太陽が天頂に差し掛かったところで、日差しは照り付けるようだが、空気はからりと乾いていて暑さがそれほど気にならない爽やかな夏日。

采夏が黒瑛に会うのは本当に久しぶりなので嬉《うれ》しい気持ちもなくはないのだが……どうして今なのだろうと思わずにはいられない。

なにせ今の采夏は、大きな荷物を背負い、後宮の奥の内庭の地面に隠された扉を開いて今にもそこに入ろうとしていたのだから。

「よう、采夏妃。元気そうだな」

黒瑛は笑みを見せてそう言ってのけた。

采夏も内心の焦りを隠すように辛うじて笑みを浮かべる。

「これはこれは陛下。ご機嫌麗しゅう」

「実はあんまりご機嫌じゃないんだ。先日、捕らえた貞が逃げ出したばかりだし」

「まあ、そうでしたか……」

采夏は、そう言ってふふふと乾いた笑い声を上げた。

貞は牢から逃げ出し、あろうことかこの後宮から出て行った。

どうやって逃げ出したのか、しばらくは貞の脱走劇に後宮中の女たちの噂話しが絶えなかったのだから、采夏ももちろん知っている。

なにせ、そう仕向けたのは采夏自身なのだから。

「それに、今こうやって俺の目の前で、後宮の妃が白昼堂々と脱走しようとしてるしな」

ははは、と黒瑛は笑っているが、目は完全に笑っていない。

「まあ、脱走だなんて、そんな……」

「ああ、違ったか。大荷物抱えて俺も知らない隠し扉を開けてたからそうかと思った」

「違うに決まってるではないですか。脱走なんて……この扉は偶然見つけただけなのです」

「ほう、そんな大荷物背負ってか？」

「ええ、たまに重い物を背負って運動したくなるんです」

「しかし、木々やツタで巧妙に隠された隠し扉を見つけるたぁ、偶然にしてもすごいな」

「本当に、偶然ってすごいですね、ふふふ」

二人は笑いながら白々しく何やら言い合った。

しばらく空笑いをしていたが、初めに黒瑛がふうとため息を吐きだし、笑みを止めて采夏を見た。

「ったく、ごまかすのはやめろ、采夏妃」

黒瑛が笑顔を取り繕うのをやめたので、采夏も同じく笑顔をひっこめ不満そうに唇を尖《とが》らせた。

「どうして、陛下がこんなところにいるんです？」

「お前に用があって殿に行こうとしたら、大荷物を背負ってこそこそ出てきたから、後をつけてきた。そしたらこれだ」

「婦女子のお尻《しり》をつけ回すなんて、誇れることではありませんよ」

「うるせえ。こんなあやしげなことしといて言える立場か。で、だ。なんだ、その隠し扉は。貞から聞いたのか？」

「別に貞様から聞いたわけでは……」

「直接は聞いてないにしても、間接的には聞いたんだろ？　大体牢から貞を逃がしたのはお前なんだろうからな」

全てお見通し。そう言われている気がした采夏は不満そうに眉《まゆ》を顰める。

「別に逃がしたわけではありません。ただ、ちょっと牢のカギを掛け忘れたかもしれませんが」

「……まさか、後宮からの脱出経路を知るために、わざと貞を逃がしたのか？　貞はあれでも、ここ数年ずっと秦漱石と共に後宮の管理を行っていた花妃だ。他の妃や俺さえ知らないいざという時の脱出経路を知っててもおかしくない」

まさしく図星を指されて、采夏は眉尻を下げた。

どうやら、本当にお見通しらしい。

采夏は、黒瑛の言う通りわざと貞を逃がした。

秦漱石に人質に取られた時、彼は後宮から逃げ出せる自信があるようだった。となれば隠し通路のようなものがあるに違いないと踏んだ。

そして牢に捕らわれた貞に余裕があるのを見て采夏は確信した。

貞も秦漱石同様に、隠し通路の場所を知っている。

そうして貞が知っているであろう後宮の隠し通路を探るためにわざと牢の扉の鍵を外したまま、その後牢から出た貞のあとをこっそりとつけてこの隠し扉を見つけたのだ。

本当は、お茶の素晴らしさに感銘を受けた貞が茶師に転身し、自ら進んで隠し扉を教えてくれたら嬉しかったのだが、まあそこまで欲ばっても仕方ない。

ちなみに貞と一緒に茶師として活動したらてっぺんを狙えると思ったのは、采夏の本心である。

「陛下って、結構、意地悪な人なんですね……」

「ふむ、何故だかお前にそう言われるのは悪い気はしないな」

「蔑《さげす》まれ喜ぶ変態だったなんて」

「それも悪くない。とまあ、痴話喧嘩《げんか》もここまでにして、采夏妃の目的について話そうか」

「痴話喧嘩なんてしてませんけど……」

「はぐらかすな。別に悪いようにするつもりはない。惚《ほ》れた男の弱みってやつだ」

「ほ、惚れたって……」

突然出て来たその言葉に思わず采夏は言葉に詰まった。

驚いて見れば、黒瑛は余裕を含んだ笑みを浮かべている。

なんだか気に食わない。

一瞬喜びそうになっている己を律して、采夏は目に力を入れる。

「惚れたなんて、白々しいです。どうせ私が茶家《ちゃ》の娘と分かって後ろ盾欲しさに皇后にするおつもりなのでしょう？」

皇后、つまり現在の皇帝の正妻の地位に当たる。

母である皇太后の力が弱い黒瑛は、ずっと確かな後ろ盾が必要だった。

南を守る広大な南州を治める一族の姫が皇后になれば、皇帝がずっと求めていた後ろ盾として申し分ない。

「まあ、そうだな。だが、惚れてはいる」

「……そんなもの、信じられるわけがありません。それに、陛下は政権を手に入れたら、私が茶師を続けられるように良《い》い縁談を組んでくださるとお約束してくださいましたよね？　私を皇后にしたら、それを反故《ほご》にするということです。そんなお約束一つ守れない方の言葉をそう簡単に信じられましょうか」

「別に、反故にするつもりはない」

そう言って、黒瑛は采夏に近づいた。

采夏の肩の少し上に腕を伸ばし、ちょうどその後ろにある木に手を突く。

距離が近い。特に顔が近い。

こうなっては逃げられそうにないと采夏は思うが、だが、ここで諦めたくはない。

采夏は、黒瑛から離れて茶師になることを選んだ。

茶師を続けたいという気持ちの強さと、そしてそれ以上に、後ろ盾欲しさに自分に優しくする黒瑛を見たくなかった。

茶道楽の采夏を笑わずに受け入れ、茶師を諦めるなと言ってくれた黒瑛を采夏は好きになったのだから。

「なら、私を後宮の外に出してくださいますか？　私は、茶師を続けたいのです」

「……とりあえず移動しよう。見せたいものがある」

戸惑う采夏に、有無を言わせぬ口調で黒瑛はそう言った。

采夏はとぼとぼと黒瑛についていく。

逃げ出したい気持ちだったが、その気持ちを知ってか知らずか黒瑛がしっかりと采夏の手を握っていて離さない。

そうこうしていると両開きの扉を構えた門に行き当たった。

扁額《へんがく》には、『雅陵殿《がりょうでん》』の文字。

（雅陵殿って、皇后が住む殿のことだったような……）

采夏は微《かす》かに顔をしかめる。

惚れてるだのなんだのと言って采夏の気をなだめて、南州の後ろ盾欲しさにここに押し込めるつもりなのだろう。

（ひどい人……）

正直、惚れたと言われた時、嬉しくなかったわけじゃない。

でも、茶師を続けてもいいと、あきらめなくてもいいと言ってくれたのは、黒瑛のはずだ。

後ろ盾欲しさに、采夏の自由を、約束を反故にする黒瑛の『惚れた』に、どれほどの意味があるだろうか。

悲しい。胸が苦しい。

これほどまで辛《つら》い思いをするのはきっと、黒瑛を嫌いになれないからだ。

あれほどおいしそうに自分が淹《い》れたお茶を飲んでくれる人。嫌いになれたならどれほど良かったか。

「ここだ」

先ほどからずっと無言だった黒瑛が、そう言って振り返った。

何故か少年のような無邪気な笑みを浮かべている。

「ここは、皇后の住まう殿ですよね……？」

「まあな。でも俺が見せたいのはこの先だ」

黒瑛がそう言うと、門を守っていた宦官《かんがん》が扉を開いた。

そして同時に、ふわっと風が吹く。

采夏の大好きな香を乗せて。

「え……この、匂い、まさか……」

采夏はそう呟《つぶや》きながら、よろよろと前に進む。

歩く足に力が入らない。

現実味がない。だってあり得ない。ここは後宮だ。こんな香がするはずがない。

でも、この香を采夏が間違うはずもない。

様々な葛藤《かっとう》を抱きながら門を抜けて目の前に広がった景色に、采夏は圧倒された。

そこには……。

「信じられません……！　全て、お茶の木ですか……!?」

辺り一面に青々とした茶畑が広がっていた。

あまりのことに現実味が感じられず、采夏はただただ驚きで目を見開く。

しかし、鼻孔をくすぐるお葉の香、視界に映る瑞々《みずみず》しい青々しさは、どう考えても采夏の愛してやまないお茶の木である。

「はは、驚いたか。陸翔《りくしょう》に言って、龍弦《りゅうげん》村の茶の木を移植してもらった。采夏妃への贈り物だ」

誇らしげに語る黒瑛の声が聞こえる。

「わ、私に？」

「ああ。ちなみに、采夏が言っていた岩に生えている茶の木についても取り寄せようとしてるんだが、あれは岩壁を切り出して運ぶしかなさそうで、まだこちらに移動できていない」

黒瑛の言葉に采夏はハッとして顔を上げた。

「采夏岩茶のお茶の木も!?」

そう言って見ると、勿論《もちろん》とでも言うように笑みを浮かべて黒瑛が頷《うなず》く。

采夏は混乱した。

だって、どうして、そんなことをしているのか分からない。

黒瑛は、采夏が茶師を続けたいという気持ちを無視して、後ろ盾欲しさに閉じ込めようとしているのではないのか？

「ど、どうして……？」

震える唇で何とかそう言った。

黒瑛は笑みを深める。

その瞳《ひとみ》はどこか甘く、采夏が淹れたお茶を飲んでいる時の黒瑛のようで、采夏は思わず目を見張った。

「さっき理由を言っただろ。惚れてるからだって」

「ほ、惚れ……」

黒瑛の言葉を受けて、じわじわと頬が赤くなる。

（ず、ずるい……。お茶を飲むときのような色気を出して、そんなことを言うなんて……！）

ここまでされて、その『惚れた』に込められた気持ちを理解しないわけにはいかない。

ただ後ろ盾欲しさで、采夏を求めているのではないのだと、采夏はやっと思い知った。

ちゃんと見てくれている。茶師としての采夏を、茶道楽の采夏を、采夏自身を。決して後ろ盾が欲しいだけではないのだと。

戸惑う采夏の前に立ち、黒瑛は覗《のぞ》き込むようにして采夏をまっすぐに見つめた。

出会った時と同じ黒々としたその瞳に吸い込まれそうになる。

「俺が政権を取り戻したら、茶師を続けられるいい男を連れてきてやるっていう約束、これで果たしただろう？」

勝ち誇ったような顔で黒瑛はそう言った。

黒瑛は約束を違《たが》えなかったのだ。

色々なことに圧倒されすぎて、采夏は言葉にならない。

目に入るお茶の木の青々しさと、目の前にいる人の少しはにかんだ笑顔が夢のようで実感が湧かない。

しばらくすると采夏の反応があまりにも鈍いので、心配になったらしい黒瑛が気づかわしげに見てきた。

「まあ突然だし……嫌かもしれないが、悪い。手放す気はないんだ」

そう言って、采夏の手を取った。

両手で優しく包み込むように。

「それとも、もしかして、他に好いた男でもいたか？」

少々しょぼくれた顔で黒瑛が言うので、彼には悪いと思いつつ采夏は少しだけ面白くなってしまった。

「……ええ、いますよ。好いた男の人」

采夏がそういうと、黒瑛の目が見開く。衝撃を隠せない、と言いたげに顔が固まった。

しかし、どうにか取り繕って、口を開く。

「ど、どんなやつなんだ？」

「私の淹れたお茶を飲む時、誰よりもおいしそうな顔をしてくれる方なのです」

「……お茶を？」

「陛下、これから一緒にお茶を飲みませんか？　私、陛下とお茶を飲むのが本当に好きなのです。私の淹れたお茶をとてもおいしそうに飲んでくださるのですもの」

采夏がそう言うと、一瞬黒瑛は何を言われたのか分からないと言いたげに間の抜けた顔をした。

しかしすぐに、采夏の言いたいことを理解して、黒瑛はほっとしたように破顔する。

そして二人は、お茶を飲んだ。

これから何度も一緒に飲むだろう相手と共に。

【参考文献】

「中国茶の教科書─体にいい効能と茶葉の種類、飲み方、すべてがわかる」誠文堂新光社／今間 智子（著）北京東方国芸国際茶文化交流中心（監修）

ここでは私が作中で出てきた
茶葉を紹介するわ！

龍井茶【ロンジンチャ】

中国茶といえばコレ！　と言われるほど有名な緑茶。産地や茶摘みの時期によってもグレードが分かれるけれど、本作登場の明前龍井茶は最高級！　春先の清明節までに献上するので、茶葉の製作期間を考えると清明節よりずっとずーっと前に摘まれたものかもしれないわ。皇帝に献上するため、茶摘女は茶の芽が出るのを今か今かとそわそわ待っていたのかもしれないわね！

黄山毛峰【こうざんもうほう】

中国の安徽省にある黄山で作られる緑茶。名前に『毛』が入っている通り、たくさん産毛がついていて何だか可愛いの。こちらも作中で献上している、最高級グレード。お茶の芽を一枚一枚丁寧に摘み取って作られてるはず。気が遠くなる作業なのね……。

茉莉花茶【ジャスミンチャ】

華やかでさっぱりとした味わいが魅力の花茶。元々茉莉花は漢方でも使われていて、リラックス効果が期待できるわ。皇太后様も家族と離れ後宮での生活が始まって辛い時、このリラックス効果で乗り越えていたのかしら？　茉莉花茶は、基本的には緑茶に茉莉花で香づけをした物なので、カフェイン入り。間違えないでね！

采夏岩茶【さいかがんちゃ】

采夏オリジナルのお茶だけど、元になる茶葉はあるの。武夷岩茶と呼ばれる中国福建省の青茶（烏龍茶）がモデルで、岩茶独特の香ばしい風味がとっても味わい深いわ。岩肌育ちでミネラルが多いから「岩茶を飲めば医者いらず!?」と言われるほど薬効があるとされているわよ。青茶は、歴史的に見ればまだ新しいお茶。作中でも緑茶の独擅場状態の中、偶然芽生えた采夏岩茶の味わいには感動したわ！

お便りはこちらまで

〒一〇二―八一七七
富士見L文庫編集部 気付
唐澤和希（様）宛
漣ミサ（様）宛

富士見L文庫

後宮《こうきゅう》茶《ちゃ》妃《ひ》伝《でん》
寵妃《ちょうひ》は愛《あい》より茶《ちゃ》が欲《ほ》しい

唐《から》澤《さわ》和《かず》希《き》

2021年4月15日　初版発行
2023年12月25日　8版発行

発行者　山下直久
発　行　株式会社 KADOKAWA
〒102-8177　東京都千代田区富士見2-13-3
電話　0570-002-301（ナビダイヤル）

印刷所　株式会社 KADOKAWA
製本所　株式会社 KADOKAWA
装丁者　西村弘美

定価はカバーに表示してあります。　◆◇◇

ISBN 978-4-04-074090-4 C0193